新潮文庫

あやまちは夜にしか起こらないから

草凪　優著

新潮社版

10966

目次

あやまちは夜にしか起こらないから

第一章　ライク・ア・ハリケーン

1

きっかけは梅雨の終わりを告げる嵐《あらし》だった。

佐竹光敏《さたけみつとし》は降りしきる雨の中を傘も差さずに歩いていた。いったん小雨になっていたはずなのに、また雨脚が強まったらしい。あたりは田園だったが、深夜のうえ外灯も少ないから、次第にどこを歩いているのかわからなくなってきた。目の前には国道が一本、夜の彼方《かなた》に向かって延びているばかりだ。

そもそも、どうして雨の中を傘も差さずに歩いているのか、よくわからなかった。ひどく酔っていることは確かだが、いままで酔って雨に打たれたことなどないし、打たれたいと思ったこともない。歩いているより、彷徨《さまよ》っていると言ったほうが正確かもしれない。

前をよろよろと歩いている女は、高月万輝《たかつきまき》という。年は二十六。佐竹の四つ下だ。

彼女も傘を差していない。上品な濃紺のタイトスーツも、磨きあげられた黒いハイヒールもびしょ濡《ぬ》れなのに、両手を突きあげて笑っている。

「わたしー、一度ー、これやってみたかったんですよー」

雨音に抗《あらが》うように叫ばれても、佐竹は困惑するばかりだった。六月も後半の雨だから、冷たくはない。いささか子供じみているけれど、後先を考えず雨に打たれることを心地よく感じる気持ちも、わからないではない。

とはいえ、昼の彼女は、間違ってもそんなことをするタイプではなかった。稲妻と雷鳴がやんでくれたことが、よほど嬉《うれ》しいのだろうか。

国道には、時折トラックが走り抜けていく。白熱するヘッドライトに万輝が照らされるたび、佐竹は息を呑《の》まずにいられない。

彼女は長い黒髪をひとつにまとめている。卵形の顔は驚くほど小さく、反対に眼や鼻や口などのパーツは大きめなので、顔立ちに華がある。まるで大輪の薔薇《ばら》のような女だ、というのが佐竹の第一印象だった。

その薔薇の花が、びしょ濡れに濡れているのだ。顔中から水滴をしたたらせて、笑っているのだ。

笑い方が、毒々しかった。そう思わずにいられないほど、美しいのかもしれなかった。ヘッドライトの光を浴びながら振り返られると、これは現実のことなのかと放心状態に陥りそうになった。人間ではなく、エロスの化身にでも射すくめられている気がした。

「あれ……」

万輝が指さした方向に眼を凝らすと、夜闇《よやみ》に紫色の文字がぼんやりと浮かんでいた。ラブホテルの看板だとわかるまで、時間はかからなかった。

「知っててこっちに歩いてきたんですか？」

もちろん、こんなところにラブホテルがあるなんて、佐竹は知らなかった。しかし、助かったと安堵《あんど》の溜息《ためいき》をついてしまう。タクシーを拾うために国道に出てきたものの、やってくるのはトラックばかり。ここはいったんホテルの部屋で小休止し、濡れた服を乾かしてから、電話でタクシーを呼んだほうがいい。

「どうなんですか？　知ってたんでしょう？」

万輝がUターンしてこちらに迫ってくる。雨音に負けないように声を張っていても、足元が覚束《おぼつか》ない。彼女は佐竹以上に酔っている。

「騙《だま》し討ちで女をホテルに連れこもうなんて、男らしくないじゃないですか」

人差し指で心臓の上を突かれた。真珠のような爪《つめ》をもつ、長く美しいピアニストの指だ。

「抱きたいなら抱きたいって、はっきり言えばいいのに」

「いや……」

佐竹は困惑に顔をこわばらせた。

「それは、相当誤解がある……俺はこんなところにホテルがあることを知らなかったし、連れこむつもりだってなかった。でも、こういう状況になっちまったんだから、ホテルで休憩するのはありじゃないか？」

「こういう状況って？」

「雨が降ってるのに傘がない。道に迷って駅の方向もわからない。タクシーが来る気配だってまったく……」

「……キスして」

「なに言ってるんだ……」

「わたし、騙し討ちでやられちゃうような安い女じゃないの。抱かれる相手は自分で選ぶ。条件その一はキスのうまい人。だから、素敵なキスをしてくれたら黙ってホテルについていきます」

「あのねえ……」

佐竹が誤解を解くための言葉を継ごうとすると、トラックが歩道ぎりぎりを走り抜けていった。轟音《ごうおん》とともに水たまりを撥《は》ねあげ、危うくそれを被《かぶ》るところだった。

いくら六月の生ぬるい雨とはいえ、こんな状況であてどもなく彷徨っていたら、いつか体力の限界が訪れる。いまはアルコールの力を借りて無茶を言っている万輝も、そのうちへたりこんで動けなくなるかもしれない。そうなれば、救急車のお世話になるという最悪の展開も考えられる。

「キスはできないが、ホテルに行こう」

佐竹は万輝の手を取って強引に歩きだした。

「いやっ！」

万輝が腰を落として足を踏んばる。

「騙し討ちはいやなのっ！」

「抱くつもりなんてないんだよ。キスをする必要はない」

「信じられません」

「信じてくれなくちゃ困る」

「キスしてくれたら信じてもいい」

堂々巡りにうんざりしてくる。酒癖が悪いにも程がある。それでも、勝手にしろと捨て置けないのは、やはり彼女が人並みはずれた美人だからか。

顔に降りかかる雨が、佐竹から思考能力を奪っていった。キスですむならしてやればいいじゃないかと、もうひとりの自分が言う。

「頼むから、言うことをきいてくれないか？」

至近距離で睨《にら》みつけると、万輝はうっとりと眼を細め、半開きにした唇を差しだしてきた。夜闇の中でも、彼女の唇は深紅に輝いていた。雨に嬲《なぶ》られ、水をしたたらせる姿が、たとえようもないほど淫《みだ》らだった。

吸い寄せられるように唇を重ねてしまう。

その瞬間、佐竹の中でなにかがはじけた。曲がってはいけないコーナーを曲がってしまったような、そんな感じだった。曲がってはいけないはずなのに、曲がった瞬間に見えた景色は、この世のものとは思えない絶景。

雨に打たれながら、骨が軋《きし》むほど抱きしめた。側を通過するトラックに冷やかしのクラクションを鳴らされても、唇を離す気にはなれなかった。気がつけば万輝の口に舌を差しこみ、むさぼるように彼女の舌を吸いたて——。

2

その日、佐竹は午後八時過ぎまで残業していた。

職員室にはすでに誰もいなかった。ずいぶん前から、漆黒に染まった窓ガラスを大粒の雨が叩《たた》いていた。時折、稲妻が光った。地鳴りのような雷鳴が、次第に近づいてきているようだ。

どうやら、そろそろ帰路についたほうがいいらしい。生徒たちの書いた読書感想文をもう少し読んでいたい気もしたが、バスの時間を確認して、デスクの上を片づけはじめた。

ここは六角堂学園、東京の郊外にある中高一貫教育の私立校だ。まわりに建物が少なく、森林や田畑がひろがっているばかりなので、よけいに雷鳴が大きく聞こえるのかもしれない。

佐竹は三ヵ月前の四月から、この学園の中等部に勤務している。担当科目は国語だ。

それ以前に在籍していたのは下町にある公立中学で、都内でも有名な「荒れた学校」だった。生徒たちの素行が悪いだけでなく、常軌を逸したモンスターペアレントが多数存在し、教師たちは軒並みやる気を失《な》くしていた。若い佐竹は彼らのぶんまで頑張ってみたものの、結局のところ砂を噛《か》むような無力感を味わわされただけだった。

まだ二十代の佐竹にとって、自分の力ではなにも変わらないという現実を認めるのは耐えがたいことだった。

たとえば、年を誤魔化してキャバクラで働いていた女子生徒がいた。あわてて辞めさせたが彼女の母親もまたキャバクラ嬢で、娘の愚行を笑い飛ばす――そういう生徒に人の道を説くのは時間も労力もかかるわけだが、日々の仕事に追われていては、ととことん付き合ってやることはできない。生徒は彼女ひとりだけではないし、問題行動を起こす生徒もそうだった。毎日がトラブルの連続で、それが解決されないまま山積され、また新しいトラブルの種となる。疲労やストレスも溜《た》まっていく一方で、気が休まるときがまったくない。

三十歳になって私立学校への転職を決めたのは、いよいよ心が病んでしまいそうな危機を自覚したからである。まず眠れなくなり、食欲がなくなった。休日になるとベッドから起きあがれず、授業中でもぼんやりすることが多くなった。悩みを分かちあえる教員仲間はいなかった。誰もが首をすくめて面倒をやり過ごし、異動の辞令か定年退職を迎える日を待ちわびていた。

思いあまった佐竹は、経団連の役員を務めている父親に相談した。そういう手は使いたくなかったし、いままで使ったこともなかったのだが、最初で最後のつもりで助けを求め、程度のいい私学の人事部を紹介してもらった。

佐竹はつまり、大いなる挫折感《ざせつかん》を胸に、この六角堂学園に赴任してきたのだった。やってきて驚いた。この学園には校則がひとつしかない。校章をつけて登校することだけだ。いちおう制服はあるので、中等部の生徒の大半はそれを着ているが、高等部になれば半数以上が私服だった。髪型もほぼ自由。たとえ茶髪でも節度を守っていればそれでいいという教育方針なのである。

それでいて生徒たちの行動には秩序があり、向上心にあふれている。六角堂学園は有名大学への進学率が高いことでも知られているが、ガリ勉を強要しているわけではない。生徒たちの自主性を重んじつつ、助けを求められれば納得いくまで付き合ってやるという好循環ができている。

理想郷だ、と思った。

日本にこんな学校があったのか、と腰が抜けるほど驚愕《きょうがく》し、いままで自分が勤務していた学校との落差に啞然《あぜん》とするしかなかった。

もちろん、私立という理由も大きいのだろう。入学金や授業料は安くないし、公立と違って問題を起こしそうな生徒をあらかじめふるいにかけられる。

　そうだとしても、ここまで素晴らしい環境をつくりあげられるのは、間違いなく教師が優秀なのだ。

　赴任三ヵ月ではまだすべてを把握しきれていないものの、たしかにどの教師も個性的で、魅力があった。宇宙の神秘を解きあかすように数式を語る数学教師、生徒同士のディスカッションを盛りあげるのがやたらとうまい社会科教師、なかでも中等部の若き教頭、久我憲司《くがけんじ》にはカリスマ性すら感じてしまった。

　教頭という堅苦しい肩書きが似つかわしくないほど、見た目も言動もスマートだった。年は四十五。創立者一族の血筋にもかかわらず偉ぶったところがなく、物腰が柔らかい。それでも育ちのよさは隠せず、人間国宝を父に持つ歌舞伎《かぶき》俳優のような雰囲気がある。

　始業式に新任教師として壇上に立ち、久我に紹介された佐竹は、今日から自分がこの学園の一員となることに気後れした。しかしその反面、ほんの少し前までの落ちこみが嘘《うそ》のように、足元からやる気がこみあげてきた。佐竹はなにも、安定した生活を得るためだけに教師になったわけではなかった。

　人間をつくる――他人に話せば笑われるような、青くさい理想に燃えて教職の道を男子一生の仕事に選んだのである。

3

雨音も雷鳴も強まっていくばかりだった。

佐竹が職員室を出て玄関ホールに向かうと、人影があった。

珍しいこともあるものだ。教員もプライヴェートを充実させるべきという方針を教頭が打ちだしているので、この学園では残業する者がほとんどいない。できるだけ早く理想の学園に馴染《なじ》みたいとがむしゃらに頑張っている新任教師が、唯一《ゆいいつ》の例外と言っていい。

音楽科の高月万輝だった。

彼女もまた、この学園を代表する個性的で魅力のある教師のひとりだった。ピアノはプロのレコーディングに呼ばれるほどの腕前。誰がどう見ても美人なうえ、挙措にはエレガンスがあふれているから、男子生徒からも女子生徒からも、ひとしく羨望《せんぼう》の眼を向けられている。

ただし、よく言えばクール、悪く言えばお高くとまって見えるところがあり、常にバリアのようなものを張り巡らせているので、気安く話しかけられる雰囲気はない。佐竹はまだ、彼女と挨拶《あいさつ》以上の会話を交わしたことがなかった。

「きゃっ！」

万輝はガラスの扉を押して外に出ていこうとしていた。しかし、稲妻が走り、雷鳴が轟《とどろ》くたびに悲鳴をあげて屋内に戻ってくる。いっそ滑稽《こっけい》なほどの狼狽《うろた》えぶりだった。いつも凛《りん》としている彼女の弱点を垣間見《かいまみ》た気がして、佐竹は微笑《ほほえ》ましい気分になった。

「大丈夫ですか？」

声をかけると、

「えっ？　はい？」

万輝は焦《あせ》った顔で、乱れた前髪を直しながら答えた。

「タクシーを呼んだんですけど……怖くて校門まで行けない……」

「なら、僕がここまで呼んできましょう」

「……よろしいんですか？」

ためらうことなく、すがるような眼を向けてきた。よほど雷が怖いらしい。普段の彼女なら、「いいえ大丈夫です」と冷ややかに答えそうなものなのに。

佐竹は必要以上に雷を恐れていなかったので、傘を差して外に出た。校門まで百メートルほどの距離だが、横殴りの雨のおかげであっという間に半身が濡れていく。校門の外で待っていたタクシーに手を振って合図すると、後部座席のドアが開いた。傘を閉じて乗りこんだ。普段の彼女ならいざ知らず、こういう状況なら同乗しても文句は言われないだろう。

「すいません、いったん校舎まで行ってもらえますか」

タクシーが玄関に近づいていくと、万輝は傘も差さずに飛びだしてきた。一刻も早くクルマに乗りこみたいらしい。髪を濡らして後部座席にすべりこんでくるや、安堵の溜息をもらしたが、次の瞬間、雷が光ったので頭を抱えて悲鳴をあげた。地響きが体を揺らすような雷鳴がすぐに続き、佐竹も隣で身をすくめる。

「ひどい雷だねえ。落ちなきゃいいけど」

運転手がぼやきながらクルマを発車させた。

「駅まででいいんですよね？」

佐竹は万輝に訊《たず》ねたが、顔も向けずに無言でうなずかれただけだった。対向車のヘッドライトに照らされた美貌《びぼう》が、気の毒になるほど蒼《あお》ざめている。

「あのう……」

遠慮がちに声をかけた。

「よろしければ、飯でも食って雷をやり過ごしませんか？　もう少し行ったところに、知っている店があるんです。地下にあるんで、雷は聞こえない」

駅までの道のりは近くなかった。バスで四十分、タクシーでも三十分弱はかかる。途中に飲食店が入ったテナントビルがあった。以前、残業帰りに空腹を耐えきれなくなり、タクシーの運転手に訊ねたところ、そのビルに連れていかれたことがあった。

「カジュアルなワインバーなんですがね。こんな場所にあるにしては、雰囲気もよくて、味も悪くないんですよ」

万輝は答えずに震えているばかりだったが、稲妻が夜闇を裂き、雷鳴が轟くと、悲鳴をあげて佐竹の腕にしがみついてきた。

「行きますっ！　そこに連れていってくださいっ！」

佐竹は一瞬、雷鳴が聞こえなくなった。肘《ひじ》に豊かな胸のふくらみがあたっていたからだ。タイトスカートもずりあがり、ナチュラルカラーのストッキングに包まれた、圧倒されるほど逞《たくま》しい太腿《ふともも》が半分以上見えている。顔に似合わず肉感的な体をしている……。

もちろん、見とれている場合ではなかった。すぐに気を取り直し、運転手に行き先の変更を伝えた。

店の名前は〈ピノ・ノワール〉。地下に続く階段を降り、扉を開けると別世界がひろがっていた。あたりに店が少ないせいだろう、嵐にもかかわらず満席に近い盛況ぶりだった。そこしか空いていなかったので、佐竹と万輝は酔客がガヤガヤと騒いでいる間を縫って、いちばん奥にあるカウンター席を目指した。

荷物を置いて腰をおろすと、ようやく人心地がつけた。お互いに髪も服も濡れていた。万輝はバッグからハンカチを出して拭《ぬぐ》いだした。佐竹はハンカチを持っていなかったので、ボーイが持ってきてくれたおしぼりを使ったが、途中で面倒になって上着を脱いだ。

「ごめんなさい、なんだかみっともないところをお見せして……昔からわたし、雷って本当ダメで……」

万輝はしきりに恐縮して顔をあげなかった。注文をとりにきたボーイには、佐竹が対応するしかなかった。

「適当に頼んでいいですか？　こんな時間まで残っていたんだから、お腹《なか》すいてるでしょう？」

万輝がうなずいたので、佐竹はボーイに注文を伝えた。前菜の盛りあわせにサラダにパスタ、そしてワインをボトルで一本。

ボトルを頼んでも万輝がなにも言わなかったので、佐竹はホッとした。これで小一時間はゆっくりと話ができると……。

実は以前から、彼女と話がしたかったのだ。しかし、なかなかチャンスに恵まれず、手をこまねいていた。一緒に飲んだことなどもちろんなかったし、飲めるとも思っていなかった。私学ではよくあることらしいけれど、六角堂学園では教員同士が飲みにいく場合、事前に学校に申請しなければならない。今夜のような偶発的なアクシデントでは、申請したくてもできないが。

ワインボトルが運ばれてきたので乾杯した。

とはいえ、ふたりの間に漂っている空気は親和的なものではなかった。タクシーの中で悲鳴をあげてしがみついてきたことを気にしているのか、あるいはただ単に、いつもの彼女に戻っただけなのかもしれないが、万輝に会話をはずませる気はないようだった。

佐竹は黙ってワインを飲みながら、彼女の横顔を見つめていた。

やはり、美しい。しかし、ただ美しいだけではない。この美貌には、いささか興味深い秘密が隠されている。

「なんですか？」

視線が鬱陶《うっとう》しいというように、万輝は声を尖《とが》らせた。

「わたしの顔に、なにかついてます？」

「いえ……逆に僕の顔に見覚えはありませんか？」

佐竹が意味ありげに微笑むと、

「はあ？」

万輝は不快感も露《あら》わに眉《まゆ》をひそめた。

「ハハッ、そんな怖い顔しないでくださいよ。実はどこかでお会いしたことがあると思っていたんですけど、ずっと思いだせなかったんです。でも先週の放課後、音楽室でピアノを弾いてらしたでしょう？　軽妙なジャズを」

「……ミュージカル研究会に、曲のアレンジを頼まれたんです」

「ずいぶん楽しげに弾いてらした。思わず廊下で立ちどまって、聞き入ってしまいました。得意なんですよね、ジャズ？」

万輝は答えない。アルコールのせいで眼の下がほのかに紅潮しはじめていたが、眼鼻立ちのくっきりした顔をひどくこわばらせている。

「そういえば、たしかあの店もなんとかノワールって名前だったなあ……」

佐竹は遠い眼をして言葉を継いだ。

「青山にあるジャズバーです。三年ほど前、大学の先輩に無理やり連れていかれましてね。気取った店は苦手なもんで、なんだか妙に酔ってしまって……そのうち、ステージでピアノの生演奏が始まったんです。軽妙なのに力強くて、カッコよかった。すごく気に入って、バーテンダーに言ったんです。彼に一杯ご馳走《ちそう》させてくれって。でも……彼は彼女だった。迫力ある演奏のせいで、勘違いしてしまったんですね。後から僕らのテーブルに挨拶に来てくれたあなたが、すごく綺麗《きれい》な女の人だったんでびっくりしました……」

迫力ある演奏だけが、勘違いの理由ではなかった。青山のジャズバーで見かけた彼女は、黒髪のベリィショートにタキシード姿だった。そしてそれが、とてもよく似合っていた。男装の麗人というのは、こういう人のことを言うのだろうと思った。

それから三年、東京郊外の秩序ある私立学園で再会した万輝は、長く伸ばした黒髪をひとつにまとめ、女らしい体のラインを強調したタイトスーツに身を包んでいた。すぐに思いだせなくてもしかたがない。

「いやだ、もう……」

万輝は困惑顔で苦笑した。

「まさかあのお店で佐竹先生とお会いしていたなんて……」

「さすがに人前で口にするのは憚《はばか》られて、いままで黙っていたんですけどね。でも、僕はあのとき本当に感動したんだ。無粋な男が、酒をご馳走したくなるくらいに……あんなことしたの、後にも先にも一回だけです」

「申し訳ないですけど、先生のこと、ちょっと思いだせない」

「まあ、客に酒を奢《おご》られることなんて、よくあることでしょうから」

「なにをご馳走してくださったんですか？」

「ワインでしたよ。赤ワイン」

「ああ……」

万輝は大きな眼を細めてうなずいた。

「あのころは、よく赤ワインを飲んでました。元気がなかったもので……赤ワインって元気が出そうじゃないですか？　情熱的な色をしているから……」

グラスを傾け、ワインの色をぼんやりと眺める。

「わたしは当時、就職浪人中だったんです。音大を出て、教員免許はとったけど、採用通知をなかなか貰《もら》えなくて……講師の話はいくつかあったんですが、どうせならきちんとした教員になりたかったし……」

「で、六角堂学園に……」

「ご縁がありましたから」

　ひどくきっぱりとした口調で言うと、万輝は相好《そうごう》を崩した。彼女の満面の笑みを、佐竹はそのとき初めて見た。念願の就職先が見つかり、それも六角堂学園のような環境のいいところで、よほど嬉しかったのだろうと思った。

　しかし、そうではなかった。

　万輝の笑みには、ただ単に就職先が見つかったという以上の、彼女の人生にとって非常に重要な秘密が隠されていたのだが、そのときの佐竹には知るよしもなかった。

4

　万輝は酒が強かった。少なくとも嫌いではないようだった。

　佐竹も酒好きでは人後に落ちないほうなので、瞬く間にワインボトルが一本空き、二本目に突入した。

　万輝は飲むほどにリラックスしていき、柔和な表情になっていった。アルコールの力を借りて、昼間着けている重い鎧《よろい》を一つひとつ脱いでいく——そんな雰囲気を醸《かも》しだしている美女の隣にいるのは、悪い気分ではなかった。

「夜なんて来なければいいのに……」

万輝は横顔を向けたまま、甘い吐息をもらすように言った。

「夜になるとわたし、なんだか別人になっちゃう気がするんです。昼と夜って連続しているように見えて、実はそうじゃないっていうか……」

佐竹は言葉を返さなかった。言葉がひどく抽象的だったし、独り言のようにも思えたからだ。代わりに訊ねた。

「あの青山のジャズバーは、ピアニストが男装することが決まりなんですか？」

「まさか」

佐竹の質問を、万輝は一笑に付した。

「じゃあ、どうして」

「女が好きだから」

万輝は言葉を放り投げるように言った。

「反対に、男が好きだから、でもいいですけど。男が好きだから、男の気持ちをわかろうと男装してみた……どっちが正解だと思います？」

佐竹は言葉を返せなかった。男装をしているからといって、レズビアンとは限らないだろう。しかし、男が好きだから男の格好をしてみるというのも、飛躍しすぎた話ではある。

「先生、恋人はいらっしゃいます?」

万輝が大きな黒眼をくるりとまわして訊ねてくる。

「えっ?　いまはどうかな……」

佐竹は曖昧《あいまい》に言葉を濁した。濁さなければならない事情があった。いや、その前に驚いていた。万輝がそんなことを訊ねてくるなんて、思ってもみなかったからだ。むしろ、その手の質問を蛇蝎《だかつ》のごとく嫌うタイプのように見える。

沈黙が訪れた。破ったのは万輝だった。

「わたし、ふしだらな女なんです」

らしくない言葉遣いが動揺を誘う。

「ふしだらなのに誠実……この意味わかります?」

万輝はひとりでクスクス笑い、ワイングラスを口に運んだ。

「ふしだらなようには……見えませんけど……」

佐竹は困惑顔で返した。

「じゃあ、どういうふうに見えます?」

「逆に身持ちが堅そうな……」

「先生って人を見る目が全然ないんですね。それとも女を神聖化するタイプ？　女には性欲がないと思っちゃうような」

横眼でこちらを見ながら笑う。先ほど見せた満面の笑みとはまた違う、小悪魔的な笑顔に佐竹はたじろぐしかない。

顔立ちも髪型も装《よそお》いまで一緒なのに、いま隣でグラスを傾けている女は、生徒たちの憧《あこが》れの的である凜とした音楽教師ではなかった。

急に酔いがまわったのだろうか。しかし、それだけではとても説明しきれないような豹変《ひょうへん》ぶりである。意地悪を言っているのではなさそうだし、きわどい台詞《せりふ》で煙に巻こうとしているようにも見えない。ならばいったい、彼女はなにが言いたいのだろうか。

「ねえ、さっきの質問、答えわかりました？」

「いや、それは……ただ、高月先生のような人なら、相手に困ることはないでしょうね。男でも女でも、どっちからもモテそうで……」

「全然」

万輝は真顔で首を横に振った。

「昔から全然モテません」

「嘘でしょ」

「本当。理由は自分でもわかってます」

「なんですか？」

「プライドが高いの。自分でも嫌になるくらい。それから、欲望が底なし。きっと普通の人の何倍も……それも、自分でもてあましてます」

万輝の顔がこちらに向く。挑むように睨みながら、口許《くちもと》だけでニッと笑う。表情がコロコロ変わる。笑顔だけで、いったい何種類あるのだろうか。

しかしそれは、夜の彼女だ。

昼の彼女はポーカーフェイスで、表情の変化に乏しい。そうすることで、なにかを守っているようなところがある。

佐竹はワインを飲んだ。先ほど万輝自身が言っていたように、昼の彼女と夜の彼女が連続しているのは容姿だけのような気がしてきて、混乱は深まっていくばかりだった。

いったいそれから、どれくらい飲んだだろう？

二本目のワインボトルを空にすると、ジンベースのカクテルに移行したはずだが、よく覚えていない。

帰り際《ぎわ》、国道まで歩いてタクシーを拾おうと言いだしたのは佐竹だった。タクシー会社に電話をしてもなかなか繋《つな》がらないので、流しているクルマを拾ったほうが早いと判断したからだが、傘を差さずに歩きだしたのは万輝だった。外に出てから店に傘を忘れてきたことに気づいた佐竹は、取りに戻ろうとしたのだが、

「いいですよ、国道なんてどうせすぐでしょ。雷も鳴ってないし、もう小雨だし、このまま行っちゃいましょう」

そう言うと、少女のような足どりで雨の中に飛びだしていったのである。

5

全身ずぶ濡れでラブホテルに辿《たど》り着いた。

部屋に入るなり、お互いの体にしがみつくように抱擁し、唇を重ねた。はずむ吐息をぶつけあいながら、舌を吸いあった。

佐竹はすでに吹っ切れていた。彼女がレズビアンであろうがバイセクシャルであろうが、どうだってよかった。同僚教師であることさえ、頭の片隅に残っていなかった。そういう一切合切は激しい雨に洗い流され、ただ一心に、目の前の女に欲情してい

た。ここまで激しい欲情は経験がないというくらいだった。

スイッチが入ったのは、間違いなくキスをした瞬間だ。万輝がどれだけエキセントリックな振る舞いを見せても、彼女とのベッドインをリアルに考えることはできなかった。万輝はそれほどの美女だった。男のよこしまな下心を寄せつけず、アプローチする気力を削《そ》いでしまうくらいの、麗《うるわ》しい高嶺《たかね》の花だった。

しかしキスをしてしまえば、ベッドインを現実のものとして意識できた。抱けるかもしれない――いったんそう思ってしまうと、どんな犠牲を払ってでも抱いてみたいと思わせるのも、特別な美女の特別たるゆえんかもしれない。

「うんんっ……うんんっ……」

雨の中のキスもドラマチックでよかったが、ホテルの部屋で舌を吸いあうと、ますます生々しくセックスを意識できた。佐竹は痛いくらいに勃起《ぼっき》していた。本当にこの女と体を重ねることができるのか、と気持ちがどこまでも舞いあがっていく。と同時に、自分はこの女を満足させることができるのだろうか、と異常なプレッシャーに押しつぶされそうになる。

万輝がキスをといた。悪戯《いたずら》っぽい眼つきでこちらを見ながら、手を引いてくる。向かった先はベッドではなかった。バスルームに入って扉を閉めた。

「さっきの続きをしましょう」

　驚いたことに、万輝はシャワーハンドルに手をかけた。次の瞬間、冷たい水が頭上から降り注いできて、ふたり揃《そろ》って悲鳴をあげた。お互い、まだ服を着たままだった。信じられないという顔をしている佐竹を見て、万輝はうっとりと眼を細める。

「雨の中のキス、とってもよかった」

　唇を重ね、舌をからめあう。頭上から降り注ぐ水はやがてお湯に変わり、さして広くないバスルームにもうもうと湯気が立ちこめていく。

　佐竹はスーツを乾かすことを諦《あきら》めた。すでに下着まで湯が染みこんでいた。万輝も同様だろう。こうなったら、とことん付き合ってやるまでだった。口づけを深めながら、万輝のジャケットのボタンをはずしはじめる。

　頭上から絶え間なく湯が降り注いでくるので、呼吸が苦しかった。それでもやめる気にはなれない。びしょ濡れの白いブラウスが、ワインレッドのブラジャーを透かしていた。エロティックな色だった。濃紺のタイトスーツの下に隠されていたその色が、万輝の本性のように思えた。二十六歳という若さや、昼の彼女の凜とした雰囲気からは、想像もつかないほど濃厚な色香が漂ってきた。

　乱暴にジャケットを脱がし、ブラウスを奪った。万輝は佐竹以上の乱暴さで、毟《むし》り取るようにネクタイを首から抜き、上着を脱がしてきた。

水を吸った服はずっしりと重く、それを脱いでいくのは、普段裸になる数倍の解放感があった。万輝の素肌に触れたかった。ブラジャーのホックをはずし、たわわに実った乳房を取りだした。佐竹はすでに上半身裸にされており、肌を重ねるように抱きしめると、気が遠くなりそうなほどの歓喜に体が震えた。

湯を浴びながら息がとまるような深いキスを続けた。そうしつつ乳房に指を食いこませ、ぐいぐいと揉《も》みしだいてやる。見るからに丸みの強い万輝のふくらみは、若々しい弾力があった。指を食いこませたくらいでは形が変わらず、淡いピンク色の乳首をいやらしいくらいに尖らせていくばかりだ。

「あううっ！」

乳首をつまんでやると、万輝は声を跳ねあげた。シャワーの音を引き裂くような、発情しきった女の声だった。今日の彼女には驚かされてばかりだが、その声がとどめとなった。普段は低く落ち着いた声で話しているので、別人のように聞こえたからだけではない。

女の悦《よろこ》びを知っている声だった。実は奥手なのかもしれないという予感もあったのだが、見事に裏切られた。ならば遠慮する必要はなかった。じっくりと前戯を施すことを苦にしない佐竹だったが、今日ばかりはリミッターをはずして欲望のままに振舞ってやろうと思った。万輝もおそらく、それを望んでいる。獣のように荒々しく犯してほしい——シャワーの湯を浴びながらあえぐ表情を見ていると、そんな心の声が聞こえてくる気がする。

佐竹は愛撫《あいぶ》を中断し、まずは自分が裸になった。濡れた靴下が不快だった。それを脱ぎ、ズボンとブリーフも脚から抜いて全裸になる。勃起しきった男根が唸《うな》りをあげて反り返った。それを見た万輝は、頭からシャワーの湯を浴びているのに、眼を真ん丸に見開いた。しかしすぐに眼を細め、

「……舐《な》めてあげましょうか？」

薔薇色の唇に不敵な笑みをこぼす。

「いや……」

佐竹は首を横に振った。外では散々に振りまわされたが、ここから先は自分がイニシアチブを握りたい。万輝にフェラチオされれば、おそらく翻弄《ほんろう》されてしまう。そうではなく、こちらが翻弄してやりたいのだ。

万輝の腰からタイトスカートを奪った。ナチュラルカラーのパンティストッキングに、ワインレッドのショーツが透けていた。かなりきわどいハイレグで、股間《こかん》にぴっ

ちりと食いこんでいた。

「いい眺めだ……」

口許で笑い返してやると、万輝の美貌は羞恥《しゅうち》に歪《ゆが》んだ。凹凸に富んだ抜群のプロポーションも、パンストを穿《は》いていては台無しだった。

「見ないでっ！」

言いながら身を寄せてきた万輝の腕をつかんだ。シャワーを出しっ放しにしたまま、その下から逃れてバスタブに両手をつかせる。

尻《しり》を突きださせれば、立ちバックの準備が完了だった。ワインレッドのハイレグショーツはTバックになっていて、豊満な尻の双丘を包んでいるのは濡れたストッキングだけだった。

撫《な》でまわすとぞくぞくした。佐竹はストッキング越しの愛撫が好きで、ざらついたナイロンと女らしい肉づきのハーモニーをいくらでも楽しんでいられるほうだが、濡れているとひときわ淫靡《いんび》な感触がする。

果物の薄皮を剝《は》ぐようにストッキングをおろし、ショーツを片側に寄せていく。剝《む》きだしになった尻肉は湯を浴びたせいかほのかなピンク色に上気していて、瑞々《みずみず》しい桃のようだった。女陰に手指をあてがえば、熱い疼《うず》きが伝わってきた。湯とはあきらかに違う、ねっとりした発情の証左が指にからみついてくる。

「くっ……」

指を動かすと、万輝は振り返り、

「まどろっこしい愛撫なんかいらないから、早く入れて……」

挑むような眼で睨んできた。一瞬、佐竹は言葉を返せなかった。シャワーが降り注ぐ音だけが、雨音のようにバスルームの中に反響した。

いったいどこまで気が強い女なのだろう。陰部をいじられてなお、どうしてそこまで凄烈《せいれつ》な眼つきができるのか。

虚勢だとしても大したものだった。こちらにしても、まどろっこしい愛撫をするつもりはない。すぐに挿入が可能かどうか、濡れ具合を確認しただけだ。

「なにを苛立《いらだ》ってるんだ？」

佐竹はささやきながら、勃起しきった男根の切っ先を、濡れた花園にあてがっていった。

「まあ、いい……あんたみたいな美人だって、溜めこんだフラストレーションを吐きだすために、セックスがしたいことだってあるんだろう？　文句はないよ。むしろ光栄だ、ご相伴《しょうばん》に与《あずか》れて……」

思わず本音を吐露してしまった。愛の言葉も甘い雰囲気もない、やけっぱちの情事だった。けれども、相手に不足はない。男根は火龍《かりょう》のようにそそり勃《た》ち、刺激を求めていまにも咆哮《ほうこう》まで放ちそうだ。

「くっ……」

万輝は悔しげな表情で言い返してこようとしたが、その口から言葉が発せられることはなかった。佐竹が腰を前に送りだしたからだ。はちきれんばかりに膨張しきった肉の棒を、女の割れ目にずぶりと突きたてた。

「あああっ……んんんんーっ！」

むりむりと入っていけば、万輝は振り返っていられなくなる。濡れてはいても、やはり愛撫を受けていない蜜壺《みつつぼ》はこなれておらず、肉と肉とがひきつれる。佐竹はかまわず、狭い肉壁を押しのけて侵入していく。万輝のくびれた腰を両手でつかみ、引き寄せながら突きあげてやる。

「ああああーっ！」

切っ先が最奥《さいおう》に到達した衝撃に、万輝は甲高い悲鳴をあげた。いい声だった。男の本能を挑発し、扇情する声だ。もっと聞きたくて、佐竹は腰を使いはじめた。まずはゆっくり肉と肉とを馴染ませよう、などとは思わなかった。強気な彼女に、媚《こ》びを売るのが嫌だった。媚びを売ったら、負ける気がした。この程度の男なのかと、足元を見られてしまうと思った。

「はっ、はぁあうううーっ！」

パンパンッ、パンパンッ、と桃尻を打ち鳴らして、佐竹は腰を振りたてた。いきなり送りこまれた怒濤《どとう》の連打に、万輝は四肢をこわばらせた。さらに突きあげると、尻と太腿が小刻みに震えだした。そして腰がくねりだす。つかんでいる佐竹の両手を振り払うような勢いでグラインドさせ、より強い刺激を得ようとする。

いやらしい女だった。

あるいは、それもまた虚勢なのだろうか。

佐竹は胸を張り、抜き差しのピッチをあげた。万輝がついてこられないほどの勢いで、したたかに子宮を打ちのめした。

「はぁうううーっ！　はぁうううーっ！」

万輝は髪をアップにまとめたままなので、後ろから見ると首筋が露わだった。後れ毛も妖《あや》しいうなじが、次第に生々しいピンク色に染まっていく。やがて背中までピンク色に染まりはじめ、生汗の粒が浮かびはじめる。

「おおうっ！　おおうっ！」

佐竹は雄叫《おたけ》びをあげて、万輝の蜜壺をしたたかに貫く。一打一打に力を込め、渾身《こんしん》のストロークを送りこんでいく。突けば突くほど奥から熱い蜜があふれてきて、すべりがよくなっていった。万輝も燃えているのだ。内側の肉ひだが、ざわめきながら吸いついてくる。鋼鉄のように硬く勃起した男根を、奥へ奥へと引きずりこもうとする。

「あああっ、いいっ！」

万輝の甲高い叫び声が、シャワーの音を凌駕《りょうが》した。

「もっとしてっ！　もっと突いてっ！　ああっ、もっとっ！　もっとおおおーっ！」

佐竹は呼吸をとめてフルピッチの連打を送りこんだ。これは愛の行為ではなく、戦いだと思った。是が非でも、万輝を軍門に下らせたかった。「もっと突いて」ではなく、「こんなの初めて」と言わせたかった。そのためには突くしかなかった。突いて突いて突きまくり、オルガスムスに追いこんでやるしか――。

6

部屋に備えつけの安っぽいバスローブを身に纏《まと》って、佐竹はベッドに体を投げだし、放心状態に陥っていた。

安っぽくても、乾いたバスローブの着心地はよかった。廉価《れんか》宿特有である糊《のり》の利《き》きすぎたシーツや枕《まくら》カバーの感触が、これほど快適に感じられたのも初めてかもしれない。

長い間揉みくちゃにされていた嵐の中からようやく抜けだし、人間らしい休息を得ている気分だった。

放心状態に陥っているのは、そのせいだけではない。射精を果たした直後だから、ということだけでもない。

結局、万輝の口から「イク」という言葉を吐かせることができず、敗北感に打ちのめされていた。

おまけに着ていた服はスーツからブリーフまでびしょ濡れだ。もはや数時間で乾くようなレベルではなく、濡れたままもう一度袖《そで》を通すしかないと思うと、憂鬱でしかたがなかった。

万輝は洗面所で髪を乾かしている。ドライヤーの音が聞こえてくる。音がとまると、佐竹と揃いの安っぽいバスローブに身を包んで、姿を現した。長い黒髪をおろしているのも素敵だったが、佐竹は一瞥《いちべつ》しただけですぐに眼をそらした。

「どうしたんですか、暗い顔して？」

ベッドに近づいてきた万輝は、曇りのない笑顔を浮かべていた。

「どうしてそっちは、そんなに楽しそうなんだ？」

佐竹は苦りきった顔で答えた。

「だって気持ちよかったもの」

万輝はベッドにあがり、身を寄せてきた。

「見かけによらず、無茶なことに付き合ってくれるんですね。とっても興奮しちゃいました」

鼻に皺《しわ》を寄せて笑う万輝を抱き寄せてやるべきかどうか、佐竹は迷った。愛しあって体を重ねたわけではなかった。しかし、体を重ねたばかりの女をぞんざいに扱えるほど、佐竹は屈折していなかった。手を伸ばし、腕枕をしてやった。乾かしたばかりの黒髪を撫でた。真《ま》っ直《す》ぐで艶《つや》があり、絹のような触り心地がした。

「本当に気持ちよかったのか？」

よせばいいのに訊ねてしまう。

「えっ？　どうして？」

「イカなかっただろう？」

「オーガズムだけが気持ちいいってわけじゃないですよ、女は」

万輝は真顔で言ってから、クスクス笑った。なんだか馬鹿《ばか》にされているような気がして、舌打ちをしたくなる。

「佐竹先生は、気持ちよくなかったんですか？」

「こっちは……出したじゃないか」

今夜はけっこうな酒量を飲んでいた。普通なら中折れしてもおかしくないコンディションだったにもかかわらず、自分で自分を制御できないほど夢中になって、万輝の桃尻に呆《あき》れるほど大量の精をしぶかせた。

「男の人だって、出したから満足ってわけでもないんでしょう？」

たしかにそうだ。相手を満足させずに終わってしまえば、後悔が残る。いきなり挿入したりせず、ベッドに移動してきっちり前戯をしておいたなら、結果は違っていたはずだと……。

「先生、恋人はいらっしゃらないのよね？」

「んっ？　ああ……」

曖昧にうなずく。

「じゃあ、もしよかったら、わたしのセカンダリーになってくれません？」

佐竹が眉をひそめると、

「ごめんなさい」

万輝はハッとした顔で上体を起こし、ベッドの上に正座した。

「もしよかったらなんて言い方、失礼ですよね。ぜひセカンダリーになってください。わたし、先生のこと気に入っちゃった。だからもっとエッチしたい」

「……セカンダリーっていうのは？」

「ああ……」

万輝は相好を崩した。ひどく無邪気な笑顔で言った。

「二番目の恋人って意味です。わたしには恋人がいます。その人がプライマリー。いちばん大切な存在で、二番目がセカンダリー」

佐竹はにわかに言葉を返せなかった。プライマリー、セカンダリーという言葉も耳慣れなかったし、二番目の恋人になってほしいと言われても、タチの悪い冗談にしか聞こえなかった。

第二章　ヒーリング・ビューティ

1

性的なスタンスは人それぞれ、と頭ではわかっているつもりだった。ゲイでもレズビアンでもトランスジェンダーでも、差別をしない程度の常識はもちあわせているし、変態性欲だって他人に迷惑をかけない限り許されるべきものであると思う。

しかし……と佐竹は考えこんでしまう。

恋人がいるにもかかわらず、二番目の恋人になってくれとは、いったいどういう感覚なのだろう。恋人がいるのに浮気をしてしまった、というのならよくある話だ。男であろうが女であろうがそういう気分になることはあるだろうし、実際にあやまちを犯してしまうことだってあるに違いない。そして事後の胸を焦《こ》がすのは、後悔や罪悪感や自己嫌悪《けんお》……。

万輝は違った。よどみのない堂々とした口調で、二番目の恋人になってくれと告げてきた。佐竹は激しく混乱したが、酒がまわっていたし、雨の中の彷徨《ほうこう》とシャワーに打たれながらの荒淫《こういん》で消耗しきっていた。いつの間にか眠ってしまったらしく、眼を覚ますと万輝の姿はラブホテルの部屋から消えていた。電話番号とメールアドレスのメモ書きを残して。

わけがわからなかった。以前勤めていた荒れた学校で、わけのわからない連中なら嫌というほど見てきた。モンスターペアレントがその最たる例だが、彼らは敵意を剝《む》きだしにして、自分の主張だけを通そうとするからコミュニケーションがとれない。

万輝はそんなことはないし、むしろ好意を寄せてくれていると考えていいだろう。そうでなければ、あれほどの美人が体を許してくれるわけがない。顔だけではなく、グラマーなボディも、エレガントな所作も、すべてが高嶺《たかね》の花だった。誰彼かまわず股《また》を開くタイプに見えないところが、佐竹の混乱をますます深めるのである。

万輝を抱いた翌日、関東地方に梅雨明け宣言がなされた。

空は澄んだ水色となり、白い雲がどこまでも高くなっていく気持ちのいい季節なのに、佐竹の気持ちは晴れなかった。心の中には、万輝を抱いた日と同じ嵐《あらし》がまだ吹き荒れていて、せっかく教えてもらった連絡先に、メールのひとつも送ることができない。

一週間、時間だけが流れるように過ぎていった。ある日の放課後、佐竹は屋上でぼんやりしていた。他に誰もいなかった。六角堂学園には、放課後だからといってぼんやりしているような生徒はいない。クラブ活動や委員会や自習など、誰もが目的をもって行動しているし、そうでなければ下校している。まるでこちらが思春期の中学生みたいだな、と佐竹は苦笑をもらした。続いて深い溜息《ためいき》をつく。あまりにもその通りだったので、情けない気分になってしまう。

ピアノの音が聞こえてきた。

万輝が弾いているのだろう。知っている曲だった。『酒とバラの日々』。三年前、青山のジャズバーで聴いたピアノの生演奏に感激したせいで、その後スタンダードナンバーを収めたジャズのＣＤを何枚か買い求めた。趣味というほど嵌《は》まっていないが、いまでもたまに聴いている。

万輝の演奏は相変わらず軽快なのに力強く、耳に心地よかった。佐竹は音楽に関して専門的なことはなにもわからないけれど、鍵盤《けんばん》へのタッチに清潔感があるのだ。そこに惹《ひ》かれる。文は人なりというけれど、楽器の演奏にしても人格をまったく反映しないということはないだろう。ならば彼女は、尻《しり》の軽い女ではない。性欲が強い可能性は大いにあるが、少なくとも相手を選ばず誰とでもベッドインするようなタイプでは……。

　んっ？　と思った。

　ピアノ以外の楽器の音が、不意に聞こえてきたからだ。ギターだった。しかもうまい。ピアノがバッキングにまわり、ギターがソロを弾きはじめると、テクニシャンぶりがますます顕著になっていき、フレットの上を自由自在に移動する指の動きまで眼に浮かんでくるようだった。

　生徒ではない、と直感的に思った。万輝はプロのレコーディングに呼ばれるほどの腕前らしいのに、いまはギターが圧倒している。ピアノが花をもたせているのではない。歌うようなギターの音色が、あきらかにセッションをリードしている。

　階段を駆けおりて音のする方向に向かった。音楽室の前には人だかりができていた。出入り口が開け放たれ、入りきれない生徒たちが首を伸ばして中をのぞきこんでいる。

　佐竹ものぞいた。ギターを弾いていたのが、教頭の久我憲司だったので驚いた。いつものように品のあるスーツをスマートに着こなし、椅子《いす》に座ってセミアコースティックギターを奏《かな》でる姿が決まっていた。その腕前は本物のようで、久我が不敵な笑みを浮かべているのに対し、万輝は必死の形相で鍵盤を叩《たた》き、ついていくのが精いっぱいという様子だった。

ギターがバッキングにまわり、ピアノのソロが始まると、いいところを見せようとしたのだろう、万輝は早弾きのフレーズを連発したが、久我のギターがそれをたしなめた。ひとりで走るな、リズムをキープしてスウィングするんだ——そう伝えたいのだと、素人《しろうと》の佐竹にもわかった。

久我にリードされ、万輝は次第にペースを取り戻していった。お互いの呼吸が合っていくに従って、こわばっていた表情が和らぎ、頬がほのかに紅潮してきた。久我がアイコンタクトでうなずきながら、眼にもとまらぬスピードで指を動かす。万輝も応戦する。

ジャズとはこれほどエロティックな音楽だったのか、と佐竹は唸《うな》った。からみあうフレーズとフレーズが、交尾する二匹の蛇を彷彿《ほうふつ》とさせた。フォービートを分かちあうふたりが、恍惚《こうこつ》を分かちあっているようだった。演奏がラストのテーマに突入すると、ふたりの恍惚がその場にいる全員に伝播《でんぱ》していった。

鮮やかな幕切れで演奏が終り、わっと歓声があがった。拍手喝采《かっさい》でやんやとはしゃぐ生徒たちの声を背に、佐竹はその場をあとにした。

「……かなわないな」

苦笑まじりに、つい独りごちてしまう。久我はもともと数学教師だったはずなので、音楽は趣味だろう。なのに音楽教師を凌駕《りょうが》するほどギターがうまい。もちろん、得意なのはジャズだけで、『酒とバラの日々』がとっておきの十八番《おはこ》なのかもしれない。それにしてもすごい。

あの場にいた生徒たちは、間違いなくジャズの魅力を理解しただろう。これから楽器の練習に夢中になる者もいれば、ジャズの歴史を調べる者もいるはずだ。往年の名作映画『酒とバラの日々』に接する者だっているかもしれない。そうやって、六角堂学園の生徒たちは、知識の幅をひろげ、優秀な人間に育っていくのである。

2

日曜日の午後。

佐竹は近所のパチンコ屋から自宅に向かって歩いていた。休日の暇つぶしにサンダル履きでパチンコとは、我ながらやさぐれている。佐竹にはこれといった趣味がない。強いてあげれば仕事なのだが、このところはウィークデイに頑張っているので、休みくらいはのんびりしたいのが本音だった。

それにしても……と溜息がとまらないのは、久我のギタープレイに圧倒された影響だろう。六角堂学園では他の教師も、登山だったり、ガーデニングだったり、将棋だったり、仕事以外で打ちこめるなにかをもっている者が多い。だからといって本業をおろそかにするようなタイプは皆無であり、久我のギターがそうであるように、趣味で得た知識や教養を教育現場で生かす能力だって備わっているに違いない。

なんだか焦《あせ》ってしまう。

もちろん、焦ったところでしかたがなく、いまは一刻も早く六角堂学園の雰囲気に馴染《なじ》むことが先決だった。ペースがつかめてくれば、いずれは部活動の顧問の話もあるだろうし、そうなったら休日にのんびりパチンコなどやっていられなくなるのだから……。

佐竹の自宅は二階建てアパートの二階だった。間取りは2ＬＤＫ。錆《さ》びた外階段に吹きさらしの外廊下の古い建物だが、リビングが十二畳と広く、全室フローリングなので住み心地は悪くない。

部屋の前に着くと、人の気配がした。玄関の脇《わき》にある曇りガラスの向こうは、キッチンになっている。佐竹はドアを開け、洗い物をしている女の顔を見て笑った。

「ずいぶん早い」

「ごめんなさい。なんだか、ひとりでいるのが退屈で」

女も長い髪を揺らして笑う。藤川雪乃《ふじかわゆきの》、三十一歳。六角堂学園の家庭科教師である。

「昼飯は？」

「まだ」

「外に食べにいくかい？」

佐竹は玄関に立ったまま訊《たず》ねた。時刻は午後二時をまわったところだった。この界《かい》隈《わい》には大きな商店街があるので、日曜日とはいえ店の選択には困らない。

「もったいないからいいわよ。なにかつくります」

「なにかって？」

「冷やし中華なんかどう？」

「そりゃいい」

佐竹は相好《そうごう》を崩した。好物のひとつだが、今年はまだ食べていない。サンダルを脱いで部屋にあがり、リビングのソファに腰をおろした。

「それより、あれはなに？」

雪乃が手を拭《ぬぐ》いながら追いかけてくる。

「あれって？」

「脱衣場でビニール袋に入っているやつ。お洗濯しようとして驚いちゃった。さすがに洗濯機で洗っちゃダメでしょ」

「ああ……」

佐竹は苦笑した。と同時に、胸に刺すような痛みが走った。雪乃が言っているのは、びしょ濡《ぬ》れのスーツのことだった。万輝と関係したときに着ていたもので、クリーニングに出しそびれていた。

「いいんだ。あれはもう古いから、処分する」

「だったら早く捨てないと、放置しとくとカビが生えてきちゃいますよ」

「……そうだな」

うなずきつつも、胸の痛みが増していく。クリーニングに出さなかったり、ゴミとして処分しなかったのは、あの夜の出来事が夢ではなかったことを日々確認したかったからかもしれない。

自分は本当にあの美女を抱いたのか？

現実感は日増しに薄らいでいくばかりだったが、たしかに現実のはずだった。あれが夢だというのなら、いま生きていることがまぼろしであってもおかしくない。それでもなお、現実とは思えない。びしょ濡れのスーツを手放した瞬間、記憶ごと煙のように消えてしまうのではないか——そんな子供じみた強迫観念に駆られるときさえある。

「きちんと捨てておいてくださいね」

キッチンに戻っていく雪乃の後ろ姿を見送りながら、佐竹は痛む胸を押さえて膝《ひざ》をつきそうになった。

万輝には恋人がいるらしい。セックスのあと、悪びれもせずその事実を告げてきた彼女に、いまでも強い違和感を覚える。

しかし、恋人と呼んでいい存在なら、佐竹にもいるのだ。恋人がいるのに浮気をした。やっていることは同じだった。しかし佐竹は、万輝に対して二番目の恋人になってくれなどと言わなかった。恋人がいるのかと訊ねられても、曖昧《あいまい》な言葉で誤魔化したくらいだ。

褒められたことではないだろうけれど、それが普通ではないのだろうか？

恋人を裏切ってしまった罪悪感で胸が引き裂かれそうなこの気分こそ、あやまちを犯してしまった者が当然味わうべき、人間らしい感情ではないのだろうか？

3

雪乃と男女の関係になったのは、ひと月ほど前のことだ。

学園の花壇のあじさいがまだ色づいていなかったから、梅雨に入る前だろう。

万輝と違い、雪乃とは勤めはじめた当初から会話があった。職員室で席が隣だったからである。校内のことがなにもわからない佐竹には、訊《き》きたいことがたくさんあり、備品の置き場所から学食のおすすめメニューまで、いろいろなことを教えてもらった。

雪乃が声をかけやすいキャラクターだったせいもある。

個性派揃《ぞろ》いの六角堂学園の教師の中で、彼女はある意味、異色の存在だった。存在感が希薄で、押しの強さがまったくないのだ。見た目も所作も、ひどく頼りない。生徒たちに「天然」呼ばわりされていると、笑って言っていた。実際、実習中に失敗して大慌《あわ》てすることもあるらしいのだが、そういうタイプの教師は他に見当たらない。

そのくせ、生徒たちに馬鹿《ばか》にされるどころか、大変に人気がある。職員室を訪ねてくる生徒の数が、いちばん多いのが雪乃なのだ。人気があるというより、慕われていると言ったほうが正確かもしれない。佐竹には、彼女を慕う生徒たちの気持ちがよくわかった。

ホッとするのだ。

六角堂学園の教師陣には隙《すき》がない。やる気に満ちたポジティヴシンキングを全面に押しだし、博識と慧眼《けいがん》で尊敬を集め、中にはプロ顔負けの演奏テクニックで拍手喝采を集めたりする者までいる。

思春期の中学生にとって、そういう大人たちばかりではちょっときついかもしれない、と佐竹は思っていた。もちろん悪いことではないのだが、何事にも自信がないのが中学生というものなので、誰も彼もが立派な大人では疲れてしまうのではないだろうか、と。

その点、雪乃なら安心できる。つまらない悩みでも親身になって聞いてくれそうだし、実際そうしている。教師は生徒にわかりきった正解だけを示せばいいというものではない。一緒に悩んであげることもまた重要だし、信頼を得る近道であったりするのである。

佐竹も彼女を慕った。それまで勤めていた下町の荒れた学校から、理想の教育現場と呼んでもいい六角堂学園に転任してきた新参者は、ある意味、中学生以上に自信のない存在だった。

雪乃もなにかと気にかけてくれた。年は向こうがひとつ上だが、ほぼ同世代と言っていいし、お互い独身である。会話を重ね、笑顔を交わす機会が増えれば、異性として意識しはじめるのは当然の流れだった。

存在感が希薄でも、雪乃は整った顔立ちをしていた。万輝がキリッとした美人だとすれば、ふんわりした美人と言ってよく、口調もおっとりした癒《い》やし系で、接すれば接するほど惹かれていった。

ただし、さすがになにかアクションを起こそうとは思わなかった。いまは仕事に打ちこむ時期だという自覚があったし、色恋のトラブルでも起こした日には眼も当てられない。ようやく巡り会えた理想の教育現場から追放されてしまう。

アクションを起こしてきたのは雪乃のほうからだった。

下校のバスで、よく一緒になった。最初は偶然だろうと思っていたのだが、後から考えるとわざとそうしていた気がしないでもない。

六角堂学園は最寄《もよ》りの駅までバスで四十分、そこから都心までさらに四、五十分かかる。教員の中には近くに住んでいる者も多いのだが、佐竹と雪乃は都心に住んでいた。毎日のように一時間半もの時間を共有し、職員室ではできないプライヴェートな話題も口にするようになれば、次第に理性のタガもゆるんでくる。

「佐竹先生、家事が苦手なんですか？　じゃあ、今度の日曜日にでも、わたしが行ってあげますよ。あっ、気にしないでください。わたし、休みの日って暇をもてあましちゃうタイプなんで……」

ある日、雪乃にそう言われた。

三十一歳にもなって、この人は男の部屋に女がやってくる意味がわかっているのだろうか、と眉《まゆ》をひそめそうになった。しかし、そこが彼女の不思議なところなのだが、本当に家事だけやって帰っていきそうな雰囲気があった。

親切なら無下に断るのも失礼だし、社交辞令の可能性もあるので冗談まじりに了解すると、次の日曜日、雪乃は本当に自宅までやってきた。

掃除や洗濯をてきぱきとこなし、つくり置きの料理まで冷凍庫に入れていく彼女を眺めながら、佐竹は次第に怖くなってきた。

職場の同僚、しかも年上の先輩に身のまわりの世話をさせていいわけがなかった。学校に知られたらどうなるかわからないし、お礼のしかたも思いつかない。食事をご馳走《ちそう》したくても、料理なら彼女が大量につくっている。いっそ現金を包んだほうがいいだろうかと、半ば本気で考えてしまった。

とはいえ、家庭科教師の料理の腕前は眼を見張るばかりで、そのまま店にでも出せそうな煮物や天ぷらに舌鼓を打ち、酒が入れば気持ちがほどけ、頬もゆるんでいった。

「続きは外で飲みましょう。駅前に気の利《き》いたバーがありますから」

男の部屋に長居をさせるのも申し訳なく、最後の理性を絞りだしてそう提案したものの、

「ごめんなさい。わたし、お店だと飲めないんです。酔えないというか……緊張しちゃって……」

ピンク色に染まった顔で断られ、佐竹も紳士ではいられなくなった。

結局、抱いた。

抱いてみて驚いた。

一発で、彼女とするセックスの虜《とりこ》になってしまった。

4

「冷やし中華とビールって、どうしてこんなに合うんだろうなあ」

佐竹は冷えたビールの喉越《のど》しに唸ってから、感嘆の声をもらした。千切りにしたキ

ユウリとハムと薄焼き卵、そして紅ショウガ。見た目もカラフルで、夏を先取りしている。もちろん、味だって最高だ。麺《めん》はさすがに既製品だろうが、酸味の強いタレは自己流のアレンジが加えられている。

夢中になって冷やし中華を頬張り、ビールを喉に流しこんでいる佐竹を見て、雪乃はニコニコと笑っている。

癒やされる笑顔だった。料理ももちろん旨《うま》いのだが、雪乃と囲む食卓にはいつだってそれ以上の幸福感がある。彼女もビールを飲んでいる。外がまだ明るいうちに飲む酒はよくまわるようで、二、三杯目にもかかわらず、頬がピンク色に染まりはじめていた。

「嬉《うれ》しいです、喜んでいただいて」

「いや、本当に旨いから」

「いいお嫁さんになれそうですか？」

雪乃はよくそういう台詞《せりふ》を口にする。笑いながら言っているので、本気とも冗談ともつかない。最初のうちは戯《ざ》れ言《ごと》だと思っていたが、付き合いはじめてひと月が経過したいまでは本心に気づいている。結婚願望が強い彼女に、ロックオンされている自覚がある。

「……ふうっ」

食事を終えると、窓際《まどぎわ》のソファに移動した。至福のひとときだった。満腹感とビールの軽やかな酩酊《めいてい》感が織りなす、心地よいハーモニー。レースのカーテンを揺らして入ってくる風にまで、なんだか祝福されているようだ。

食器を片付けていた雪乃が、隣に腰をおろした。ぴったりした白いニットと、ベージュのフレアスカートに身を包んだ姿は新妻のようで、日なたにまどろむ猫のように体を預けてくる所作もまたそうだった。一度指摘して困った顔をされたので口にはしないが、年上のくせに甘えん坊なのである。

見つめあい、笑いあう。言葉がなくとも、コミュニケーションは成立している。女らしい白い手を握れば、握り返してくれる。指と指が自然にからみあっていく。満腹感がこなれてくるに従って、むらむらとこみあげてくるものがある。

「ベッドに行くか？」

耳元でささやくと、雪乃は首を横に振った。

「もう少し、こうしてたい」

佐竹は了解した。まだ日も暮れていない。時間はたっぷりとある。

「……好き」

腕にしがみつき、胸に顔を当ててくる雪乃の髪を、佐竹は撫《な》でた。彼女の髪はナチュラルに茶色く、ゆるいウエーブがかかっている。撫でるほどに、欲望がじわじわと体中に充満していく。その一方で、罪悪感が胸を焦がす。

雪乃を抱くなら、決めなくてはならなかった。高らかに宣言する必要はないが、自分の中で吹っ切らなければならない。万輝とのことは一度限りのあやまちであり、二度と雪乃を裏切らないと……。

「どうかした？」

雪乃が上目遣いで見つめてきた。不安そうに、眉をひそめて。

「いや……」

佐竹は苦笑した。気まずさを誤魔化すように、雪乃の手を取って立ちあがる。寝室は雨戸が閉めっぱなしなので暗かった。スタンドライトをつけ、雪乃を抱きしめる。胸が疼《うず》く。

彼女の体はスレンダーで、乳房のサイズも控えめだった。本人はコンプレックスらしいが、佐竹は気にしたことがない。万輝の豊満なボディと比べてしまったいまのいままでは……。

唇を重ねた。雪乃はなかなか舌を差しだしてこない。それでも佐竹は焦ることなく、ついばむようなキスを続け、唇の合わせ目を舌先でなぞってやる。

雪乃は火がつくのに時間がかかるタイプだった。それも、男に愛撫《あいぶ》されて火がつくのではない。みずから男に奉仕することで燃えあがっていく。

「バンザイしてください」

雪乃にささやかれ、佐竹は両手をあげた。ポロシャツを脱がされる。雪乃は行儀よくしゃがみこんで、ベルトをはずし、ズボンを脱がせてくれる。これが四度目のセックスなので、流れが定着しつつあった。雪乃は男に奉仕をしたがる。リードではなく、奉仕なのだ。ブリーフや靴下まで脱がせてもらってから、佐竹はベッドカバーを剝《は》がして横になった。

雪乃はまだ服を着たままだった。佐竹はあお向けになって、頭の後ろで両手を組んだ。きつく反り返ったおのが男根に胸底で苦笑しながら、雪乃を見つめた。恥ずかしそうに背中を向けて、白いニットを脱ぎはじめた。

演技の匂《にお》いがした。わざと恥ずかしがっているのではないか、と思わずにいられなかった。しかし、そこに嫌味がないのが雪乃という女だった。子供の手品を見ているように、進んで騙《だま》されてみたい気になってくる。

細い背中を飾っているのは、白いブラジャーだった。雪乃がそれ以外の色の下着を着けているのを見たことがない。ベージュのスカートが腰から落とされると、ナチュラルカラーのパンティストッキングに白いショーツが透けていた。引き締まった小ぶりのヒップに、バックレースが映えている。

「あんまり見ないでください……」

雪乃はストッキングを着けたまま、ベッドにあがってきた。佐竹のリクエストだった。ナイロンのざらついた感触が、エロティックな気分を盛りあげるのだ。

雪乃が身を寄せてくる。極薄のナイロンにコーティングされた長い脚が、佐竹の脚にからんでくる。自分だけ全裸で勃起《ぼっき》していることに照れてしまうが、それも含めて興奮の水準がじわりとあがる。

雪乃が見つめてくる。色白の顔が、スタンドライトのオレンジ色の光に照らされて艶《なま》めかしい。肌と肌、あるいは肌とストッキングをこすり合わせるほどに、彼女の瞳《ひとみ》は潤《うる》んでいく。普段、学校で見せる天然系でも癒やし系でもない、淫《みだ》らな本性が露《あら》わになりはじめる。

身を翻《ひるがえ》し、長い髪をかきあげながら佐竹に馬乗りになってきた。前屈《かが》みになって、キスの雨を降らせてくるのがいつものやり方だった。唇、首筋、肩、胸……素肌に唇を押しつけるほどに、雪乃のキスは情熱的になっていく。

佐竹はなすがままになりながら、下半身に意識をもっていかれている。ざらついたストッキングに包まれたヒップや太腿《ふともも》が、時折、勃起しきった男根に触れる。わざとなのか偶然なのか、触れるか触れないかぎりぎりの感触に息を呑《の》み、体が熱くなっていく。

「……うんんっ!」

雪乃がディープキスを仕掛けてきた。唇と唇を重ねあわせると、今度はみずから舌を差しだし、佐竹の舌とからめあわせた。はずむ吐息がぶつかりあった。唾液《だえき》と唾液を交換しながら、佐竹は雪乃の背中を撫でさすった。彼女の体もまた、熱く火照《ほて》りはじめている。

なにかに溺《おぼ》れている実感があった。

快楽、だけではない。雪乃の愛に溺れているのだ。最初のセックスのとき、どうして自分から愛撫をしたいのか訊ねてみた。

「わたしとエッチして後悔されたくないっていうか……チャームポイントがあるわけじゃないし、せめて精いっぱいご奉仕しないと気がすまなくて……」

そう言って、隆起が慎ましい乳房を両手で隠した雪乃は、たとえようもなく可愛《かわい》かった。貧乳がコンプレックスなので、そのぶん積極的に相手を気持ちよくしてあげたい——理屈はわかるが、男は誰もが巨乳好きとは限らない。雪乃には美しい顔立ちと、女らしい細身のスタイルと、ふんわりやさしい癒やし系の雰囲気がある。

つまり、チャームポイントは満載なわけだが、佐竹は黙って彼女の言いなりになった。女から一方的に奉仕されるセックスの経験がなかったので、どんなものなのかひとまず味わってみようと思ったからだった。

想像を遥《はる》かに超えていた。

雪乃は佐竹の全身に、文字通り隈《くま》無《な》く舌を這《は》わせてきた。

愛がなければできないことだ、と思った。

5

雪乃は性的に興奮すると、唾液の分泌《ぶんぴつ》が多くなるらしい。

よくあることとは思うが、彼女の場合はその量が尋常ではない。そうでなければ、乾いた素肌を隈無く舐めまわすことなんてできない。

「脚、開きますね」

三十分ほどもかけて佐竹の全身を唾液まみれにした雪乃は、続いて両脚を開いてきた。女のようなM字開脚に押さえこまれ、佐竹の顔はこわばった。初めてではないが、それでも緊張する。フェラチオはまだされていない。フェラチオをするために、両脚をM字に開く必要なんてない。

はずむ吐息がアヌスにかかり、佐竹は反射的に身構えた。次の瞬間、唾液をしたたらせた舌が、ためらうことなく排泄《はいせつ》器官に襲いかかってくる。生ぬるい感触にビクンとすると、雪乃は眼尻を垂らして笑った。

佐竹はセックスの最中に笑う女が苦手だった。しかし、雪乃の場合は例外で、瞬《まばた》きを忘れて見つめ返してしまう。

笑い方が淫靡《いんび》なのだ。瞳が濡れているせいもあるだろうし、頬が紅潮しているせいもあるだろう。だが、それ以上に淫らなオーラを感じる。男のアヌスを舐《な》めることに、悦《よろこ》びを覚えていると伝えるために笑っているかのような……。

「うんんっ……うんんっ……」

鼻息をはずませて、雪乃は尻の穴に舌を這わせてきた。舌先を尖《とが》らせて、細かい皺《しわ》を一本一本伸ばすように。当然くすぐったいが、佐竹が身をよじると、雪乃は男根に指をからませ、やさしくしごきたててくる。そうされると、くすぐったさまで快感に変わる。睾丸《こうがん》が迫《せ》りあがり、男根が硬さを増していく。我慢汁を噴きこぼすようになると、恥ずかしながらうめき声までもらしてしまう。

「もっと声を聞かせて……」

雪乃は甘えるように言いながら、男根をしたたかにしごきたててきた。佐竹は顔を真っ赤にして、身をよじらせる。女のようなリアクションをとっていることに、顔から火が出そうになる。

しかし、ただ黙って愛撫を受けているだけでは、雪乃だってやり甲斐《がい》がないに違いない。男だってそうだ。クンニリングスをして声のひとつもあげないような女と、べッドインしたいとは思わない。ならば恥ずかしがらず、大胆に声をあげてしまおうと思うのだが……。

「むむっ！」

舌先がアヌスの中に入ってきたので、佐竹はのけぞった。すさまじい衝撃にもかかわらず声をこらえてしまったのは、まだ男としての見栄《みえ》や自尊心を捨てきれないからだろう。雪乃の愛撫は刻一刻といやらしくなっていくばかりで、佐竹は腰をくねらせていた。それだけでも充分に恥ずかしいから、手放しであえぎ声までは出せない。声をこらえているぶん、顔が熱くなっていく。顔中に脂汗《あぶらあせ》を浮かべて、首に何本も筋を浮かべる。

「おおおーっ！」

たまらず叫んでしまったのは、雪乃がついに男根を口唇に含んだからだった。唾液を大量に分泌させた彼女の口内の感触は、他の女では味わったことがないもので、さながらドロドロの葛湯《くずゆ》に浸《つ》かっているようだった。

雪乃は唾液の分泌が多いだけでなく、唾液の使い方がうまかった。男根と口内粘膜を密着させず、その隙間で唾液を動かすのだ。刺激そのものは微弱でも、快感の質が複雑で、興奮がどこまでも高まっていく。男根は耐えがたいほど硬くなり、体中が小刻みに震えはじめる。

視線が合っていた。雪乃の表情は変わっていた。アヌスを舐めていたときは眼尻を垂らして笑っていたのに、男根を頬張るや挑むような眼でこちらを見てきた。じゅるっ、じゅるるっ、と音をたてて男の器官を吸いしゃぶりながら、癒やし系の顔立ちを卑猥《ひわい》なほどに険しくしていく。

「もういい」

佐竹は雪乃の肩をつかんだ。

「もう……もう欲しいから、またがってくれ」

雪乃はうなずいて騎乗位の体勢でまたがってきた。とはいえ、彼女はまだ下着の上下を着けたままだった。ストッキングまで穿《は》いている。

「破って入れてくれ。我慢できない」

佐竹の言葉に雪乃はもう一度うなずくと、両脚を立てた。今度は彼女がM字開脚を披露した。ビリッとストッキングを破り、ショーツを片側に寄せて、小判形の草むらを露わにした。匂いたつような光景だった。眼福に身震いしている佐竹をよそに、雪乃は両脚を立てたあられもない格好のまま、男根の切っ先を濡れた花園に導いた。

軽く触れただけで、蜜《みつ》があふれていることがすぐに伝わってきた。彼女はまったく愛撫を受けていない。なのに興奮している。ともすれば気圧《けお》されてしまいそうなほど、発情しきっている。

「んんんっ……」

ゆっくりと腰を落としてきた。せめぎあう肉ひだの層は、大量の蜜にまみれていた。なのに、ひどく締まりが強く感じられる。女体を貫いている実感がある。いや、逆に咥《くわ》えこまれているのかもしれない。貪欲《どんよく》な彼女に、身も心も……。

「ああああーっ！」

最後まで腰を落としきると、雪乃は甲高い声をあげてのけぞった。それでも立てた両脚は倒さない。両手で自分の両膝《ひざ》をつかんでバランスを保ちながら、股間《こかん》を上下に動かしはじめる。パチンッ、パチンッ、と小気味いい音をたてて、引き締まったヒップをぶつけてくる。リズムはゆっくりだが、カリのくびれから根元まで隈無くしゃぶりあげるような腰使いに、佐竹は息を呑むしかない。

「あああああーっ！　はぁああああーっ！」

スローピッチをキープしていても、雪乃は感じている。眼の下をみるみる生々しいピンク色に染めて、顔をくしゃくしゃに歪《ゆが》めきっていく。自分の当てたいところに、自分のやり方で男根を導いているのだ。パチンッ、パチンッ、と尻をぶつけながら、長い髪を振り乱して身をよじる。小刻みな体の痙攣《けいれん》が、男根を通じて佐竹にも伝わってくる。

「ダッ、ダメッ……ダメですっ……もうイクッ……イッちゃいますっ……」

か細い声で言うと、ぎゅっと眼をつぶって動きをとめた。次の瞬間、細身の体が激しいまでに震えだした。快感に全身を乗っとられ、四肢のコントロールを完全に失った。

「はっ、はぁうううううーっ！」

甲高い悲鳴をあげ、ぶるぶるっ、ぶるぶるっ、と身震いする。糸の切れた操り人形のように倒れこんできた雪乃を、佐竹は抱きしめた。腰がビクンビクンと跳ねている。

手足の痙攣はとまる気配がなく、呼吸はどこまでも切迫している。じっとりと汗ばんだ素肌から、濃密な発情の匂いが漂ってくる。

たまらなかった。

ここまでイキやすい女というのも珍しい。少なくとも、佐竹は付き合ったことがない。それも、騎乗位でイク。みずから腰を振りたてて、恍惚に昇りつめていく。自分勝手だとは思わない。彼女の場合、最初の騎乗位の絶頂が、前戯のようなものなのだ。そして、一度イケば、続けてイキやすくなる。前三回のベッドインでは、ここから正常位に体位を変え、佐竹のピストン運動で五度、六度とオルガスムスに駆けのぼっていった。

「すごい……どんどんよくなっていくみたい……」

雪乃が息をはずませながらささやいてきた。まだ体中が震えている。その体を抱きしめている興奮と愉悦は、男にしかわからないものかもしれない。絶頂でひときわ締まりを増した蜜壺《みつつぼ》が、ひくひくと蠢《うごめ》きながら勃起しきった男根をきつく食い締めている。

「まだ始まったばかりだよ……」

佐竹はささやき返しながら、ブラジャーのホックをはずした。いよいよ攻守交代だ。

いままでは雪乃の好きなようにやらせてきたけれど、ここから先はこちらが女体をむさぼる番だった。

6

「……いま何時？」

雪乃が枕元《まくらもと》を探って時計を探す。

「まだ大丈夫さ」

佐竹は雪乃の汗まみれの体を抱きしめ、キスをした。佐竹の体もまた汗まみれで、素肌と素肌がヌルリとすべる。

すっかり夢中になって続けざまに二度も求めてしまったけれど、帰りの時間を心配するほどではないはずだった。スタートが早かったので、まだ午後七時くらいだろう。一緒に食事をする時間くらいは充分に残されている。

「ねえ……」

雪乃が甘い声でささやいてくる。

「一緒にシャワーを浴びましょう」

体はぐったりしていても、眼の力は失っていない。一緒にシャワーを浴びれば、かならず彼女が体を洗ってくれる。それもまた、雪乃とベッドインする楽しみのひとつだったが、

「もうちょっとこうしてよう」

佐竹は抱きしめた女体を手離す気にはなれなかった。いましばらく、恍惚の余韻を嚙《か》みしめていたい。セックスは本当にいいものだ、と思う。これほどいいものだったのか、とも。その奥深さを、雪乃に教わった気がする。

奉仕型の彼女のやり方が気に入ったからではない。たしかにそれも新鮮ではあるけれど、その先にあるまぐわいはまさしくめくるめく快楽の連続であり、自分が誰であるかもわからなくなるような忘我の境地で、佐竹は桃源郷を彷徨《さまよ》った。

雪乃が何度もイクからだった。

オルガスムスに痙攣する女体を貫き、腰を振りたてて何度も何度も絶頂に追いこんでいく行為の中に、男に生まれてきた悦びのすべてがあると思った。女のオルガスムスは男の射精よりずっと複雑で、イケば満足するというわけではないことくらい知っている。

そうは言ってもやはり、男の側から見れば、イキやすい女は抱き心地がいい。イク

ことを知らない女を抱くより、行為の最中の興奮も、事後の満足感も桁違《けたちが》いに素晴らしい。

イカせようとしてイカせられなかった万輝のことが、ふと脳裏をよぎっていった。連絡先を教わりながらも連絡できずにいたのは、そこにわだかまりがあったのかもしれない。元より手に負えそうもない高嶺《たかね》の花だし、体の相性もイマイチとなれば、二の足を踏んでもしかたがない。

もう忘れてしまえばいいのではないだろうか、と思った。

いま腕に抱いている女に不満はない。それどころか、雪乃は雪乃で佐竹にとってはできすぎた恋人だった。そして彼女は、結婚を望んでいる。はっきりそう言われたわけではない。しかし、どう考えても彼女は、狂おしい恋心を抱えてこちらの懐《ふところ》に飛びこんできたのではない。結婚相手として相応《ふさわ》しいかどうかを見極めながら手練手管を繰りだし、佐竹の胃袋をつかみ、ベッドで虜にした。

打算にまみれた嫌な女、などとは思わない。むしろ、目的が明確なぶん好感がもてる。三十歳を過ぎて結婚を真剣に考えるのは、男も女も同じである。万輝のようなわけのわからない女に振りまわされているより、雪乃と所帯をもったほうがずっと幸せな人生を送れるはずだと、誰だって思うに違いない。

「……どうかした？」

雪乃が顔をのぞきこんできた。佐竹が急に笑いだしたからだった。万輝のことを吹っ切れそうな気がして、自然と頬がゆるんだのだ。

「いや、なんでも……」

と言いつつも、笑いがこみあげてきてしかたがない。考えてみれば、それほど悩む話ではなかったのだ。自分にはいま、相応しい恋人がいる。あやまちは二度と起こさないと深く反省し、彼女を幸せにすることだけを考えていればいい。

「どうしたのよ、もう」

笑いがとまらない佐竹を見て、雪乃が拗《す》ねたように唇を尖らせる。

「プライマリー、セカンダリーって言葉知ってる？」

佐竹は訊ねた。答を求めていたわけではなかった。いつまでもひとりで笑っているのが申し訳なくて、なんの気なしに口にしただけだ。

「一番目の恋人、二番目の恋人っていう意味らしいけど、すでに恋人がいるのに、二番目の恋人が欲しいなんて、おかしな話だよな」

「あ、それってポリアモリーでしょ」

意外なことに、雪乃は身を乗りだしてきた。

「ちょうど最近雑誌で読んだの。静かなブームなんですってね」

「ポリ……なんだいそれ？」

「だから、一番目の恋人、二番目の恋人って、複数の人と付き合う恋愛形態。アメリカ発祥の」

「フリーセックスみたいなものかい？」

「そうじゃなくて、一番目の恋人とも、二番目の恋人とも、真剣に付き合うの。そのことをオープンにして」

「なんだそりゃあ……」

　佐竹は首をかしげるしかなかった。

「たとえば結婚している男の人がいるとするでしょ。彼は奥さんのことを愛してるんだけど、他に好きな女の人ができることもあるわけじゃない？　隠して付き合うと浮気や不倫なんだけど、奥さん公認で二番目の恋人とも付き合うのがポリアモリー。もちろん、二番目の恋人も彼が結婚していることをちゃんと知ってるのね」

「奥さんのほうも二番目の恋人をもっていいわけか？」

「そうよ。じゃなきゃフェアじゃないじゃない」

「いや、まあ、そうだけど……」

佐竹は困惑するしかなかった。釈然としない話だった。しかし、いまの説明が万輝の話と妙に一致している気がして、急に居心地が悪くなった。ポリアモリー。そんな恋愛形態があることを、佐竹はいままで聞いたこともなかった。

第三章　ビューティフル・ジェラシー

1

昔のことを思いだした。

大学三年の春から秋にかけて、佐竹の住むアパートには居候《いそうろう》がいた。尚之《なおゆき》というカメラマン志望の同期生だ。親と喧嘩《けんか》をして家から飛びだしたとかで、半年ほどいただろうか。アートかぶれで、ロック狂いで、世間を憎悪《ぞうお》し、毒舌を吐きまくる——尚之のようなタイプはそれまでまわりにいなかったから、一緒にいて新鮮だったし、刺激を受けた。

とにかくにぎやかな男だった。話し声が大きく、すぐにステレオのボリュームをあげるから、いつも大家に怒られていた。家事の類《たぐ》いはいっさいせず、部屋は散らかし放題、苦手な料理までよくさせられたものだが、佐竹は彼との生活を気に入っていた。実家暮らしが煩《わずら》わしくなった尚之とは反対に、ひとり暮らしが淋《さび》しくなっていたのかもしれない。

ある日、その尚之が環奈《かんな》という写真研究会の後輩を連れてきた。アニメの声優みたいな声をした、底抜けに明るい女の子だった。どういうわけか慕われて、いつも三人でつるむようになった。映画を観《み》たり、美術館を巡ったり、クルマを借りて海までドライブしたこともある。部屋では掃除や料理を手伝ってくれ、平気で雑魚寝《ざこね》で泊まっていった。

掛け値なしに楽しい日々だったが、次第に関係がぎくしゃくしていったのは、恋愛感情のもつれからだった。尚之があからさまに環奈に対して好意を示しているのに、環奈はどうやら佐竹に気があるようだったからだ。

そして佐竹はと言えば、環奈を異性として意識しつつも、それを素直に認められなかった。環奈よりも尚之のほうが好きだった、と言ってもいい。もちろん、同性愛ではない。男同士の気ままなふたり暮らしを続けたかったのだ。

三人とも若かった。いや、若すぎた。無闇《むやみ》にお互いを傷つけあう、救いのない日々が始まった。尚之は環奈に告白し、拒絶されると佐竹に環奈と付き合うことを求めてきた。ほとんど強要だったので、何度となく激しい口論になった。佐竹は佐竹で、環奈に尚之の気持ちを受け入れるよう頼みこみ、泣かせてしまったことがある。

ポリアモリーという概念に触れて、まず思いだしたのはそんな青春時代の苦い思い出だった。

ポリアモリーというものを、佐竹は自分でも調べてみた。

簡単に言えば「複数恋愛」で、パートナーがいても別の誰かと愛しあうことができる。浮気や不倫との違いは、それをパートナーが公認しているかどうかだ。まだ新しい概念なので、細かいルールは人それぞれ、様々な形態が存在するらしいけれど、複数の恋人を平等に愛する場合もあれば、プライマリー、セカンダリーと順位をつける場合もあるという。

そういう恋愛形態が許されるなら、佐竹と尚之と環奈と、三人で暮らすこともできただろうか。全員がボロボロになって罵《のの》りあいながら絶交を言い渡すような、無残な結末には至らなかっただろうか。

想像がつかなかった。

しかし世の中には、ポリアモリーという生き方で、関わる全員がハッピーになるような恋愛をしている者もいるらしい。

教えてくれたのは雪乃である。雑誌で得た情報らしいが、彼女自身の感想はハッピーとは正反対なものだった。

「わたしは絶対いやですけど」

と眉《まゆ》をひそめていた。

「はっきり言って気持ち悪い。ひとりの男性を別の女性とシェアするなんて、耐えられるわけないもの」

結婚願望の強い彼女らしい意見だった。そして真っ当な意見でもある。佐竹だって、自分以外の男とセックスしている女を、どうやって愛すればいいかわからない。

だが問題は、ごく身近にポリアモリーを実践している者がいるということだった。同僚の音楽教師、高月万輝。ゆきずりとはいえ、佐竹は彼女と一度関係をもっていた。

校内で見かける万輝は、相変わらず取りつく島がなかった。その凜《りん》とした麗《うるわ》しさはありふれた学園の景色からくっきりと際立《きわだ》っていて、遠くにいてもすぐにわかるのに、声をかけることができない。

話がしたい、と思った。

曲がりなりにも自分たちは一度体を重ね、ピロートークで関係の継続を求められた。それに応《こた》えるかどうかはともかく、話をする権利くらいはあると思うのだが、なかなか切りだす勇気が出なかった。

だから、あるとき廊下で、

「佐竹先生」

と後ろから声をかけられたときは、心臓がとまりそうになった。

「落とし物ですよ」

万輝が渡してきたのは一枚のショップカードだった。見覚えがなかったので、自分が落としたものではないと言おうとしたが、万輝は佐竹に口を開く隙《すき》を与えず、その場から立ち去っていった。

2

電車を降りると、売店でビニール傘を買わなければならなかった。

急に降りだした雨の中、佐竹は歩きだした。東京の中でも、三本の指に入る大繁華街だった。居酒屋、キャバクラ、ピンクサロンなどの風俗店――それらが軒を連ねる通りを進んでいき、細い路地に入っていく。

万輝が渡してきたショップカードには、〈レインボー〉というバーの名前が記されていた。もちろん、佐竹は知らない店だった。店名や住所や電話番号は印刷されていたが、「Fri.11PM～」とサインペンで書き添えてあった。「金曜日の午後十一時」、万輝からの誘いだと佐竹は受けとった。

カードの裏面に記された地図を頼りに店を探しているうち、雨がやんだ。にわか雨だったようで、ビニール傘が無駄になったと舌打ちする。

目の前には、昭和の風情《ふぜい》を色濃く残した古い飲食店街がひろがっていた。たしか、かつて赤線だか青線だったところだ。まるでそこだけ時代に取り残されたように、細い路地に小さな店が賑々《にぎにぎ》しく身を寄せあい、原色の看板が秩序なく鈴なりになっている。佐竹は一瞬、立ちすくんで幻惑された。雨上がりの道に看板の光が反射しているせいもあり、色の洪水に眼が眩《くら》みそうだった。

〈レインボー〉は軋《きし》む階段を上った二階にあった。三坪もない狭い店だった。蛍光灯がチカチカ瞬《またた》いている階段も暗かったが、店内はそれ以上だった。客はいなかった。万輝の姿もない。カウンターの中には、黒い服を着たバンドマンのような若い男がいた。佐竹が入っていっても、こちらを見ようとせず、「いらっしゃいませ」すら言ってこない。

まいったな……。

とまり木に腰をおろした佐竹は、不安を嚙《か》みしめなければならなかった。もしかすると万輝からの誘いというのは大いなる勘違いで、彼女は本当に佐竹がショップカードを落としたと思っていたのかもしれない。ひどく猥雑《わいざつ》なこの界隈《かいわい》も、しみったれすぎて閑古鳥が鳴いているこの店も、彼女に似つかわしくなかった。なんというか、それこそ尚之が好みそうな店なのだ。背伸びをしたり、知ったかぶりをしたり、そのくせ何者でもない自分に深く傷ついている若者が、傷を舐《な》めあうための引きこもり部屋……。

目の前に細長いグラスが運ばれてきた。佐竹はまだなにも注文していなかった。若い男は黙ってマッチを擦り、小さな炎でグラスを照らした。酒が何色もの層になって虹《にじ》色に輝く、美しいカクテルだった。

「洒落《しゃれ》た演出だが……」

佐竹は苦笑するしかなかった。

「この店は、客に注文も訊《き》いてくれないのかい？」

若い男は言葉を返さない。口をきく気がないのか、唇を真一文字に引き結んでいる。その唇を見てハッとした。白っぽい口紅を塗っていたからだ。本来の赤い色を隠すように……。

万輝だった。バンドマンふうのウィッグで顔を半分隠し、男装メイクを施し、おそらく、服の下では胸にサラシを巻いたりして体型も補正しているのだろう。

「ようやく気づいてくれた」

万輝は鼻に皺《しわ》を寄せて、悪戯《いたずら》っぽく笑った。そういう表情をすれば、女であるとすぐにわかった。もちろん、声を出してもわかっただろう。だから、いらっしゃいませと言わなかったのだ。

「どういう冗談なんだ……」

佐竹は喉《のど》の渇きを感じたが、目の前の得体の知れない飲み物に手を伸ばす気にはなれなかった。

「冗談？　そう、冗談ね。べつに意味はないの。この前、昔の話をされたから、少し懐《なつ》かしくなって」

六角堂学園で音楽教師になる前、万輝は男装のピアニストだったから、これくらいは朝飯前なのだろう。そうだとしても、就労規定のうるさい私学の教員でありながら、バーカウンターの中に立っているとは大胆不敵である。

「ここは？」

「知りあいの店」

「バイトしてるのかい？」

「まさか。ひと夜限りの冗談ですよ。十二時で閉めていいから、それ以降はわたししたちの貸しきり。ゆっくり話ができそうでしょう?」

　夜の彼女には、感情の起伏があった。それがきちんと伝わってきた。ゆっくり話がしたかった、と言いたいようだった。嬉《うれ》しかった。昼の彼女が、取りつく島もないだけに……。

「これは、どうやって飲めばいいんだい?」

　カクテルを指差して訊《たず》ねると、

「好きな色から飲んで」

　ストローを渡された。大の男がストローで酒を飲むのは気恥ずかしかったが、彼女の流儀に従うことにする。色の層を崩さないようにストローを差し、吸った。ブランデーの甘ったるい味がした。

　顔をしかめると、万輝がチェイサーを出してくれた。喉が渇いていたので、佐竹は半分ほど一気に飲んだ。

「あれから、少し勉強したよ……」

「勉強?」

「ポリアモリーについて」

　間があった。

「プライマリー、セカンダリー、ってポリアモリーの人が使う言葉だろう?」

再び間だ。

「感想は?」

万輝はとぼけた顔で言った。

「お勉強した感想を聞かせて」

「よくわからないとしか言い様がないな……」

佐竹は力なく首を振った。

「一夫多妻制のほうがまだわかる。結婚は経済の問題が大きいからだ。日本だって、いまよりずっと貧しい時代には、金持ちが愛人を囲うことも珍しくなかったわけじゃないか。でも、ポリアモリーの場合、純粋な恋愛感情で複数のパートナーをもつわけだろう?　普通に考えて、うまくいくとは思えない」

「どうしてうまくいかないの?」

「嫉妬《しっと》とかするだろう?」

「そうね」

「どうするんだい?　嫉妬したら」

「我慢するのかな。一対一の関係だって、我慢がないわけじゃないでしょう?　パートナー以外の人を好きになることを我慢してる。それだったら、嫉妬を我慢したほうがいい。とりあえず、好きな人と楽しい時間を過ごすことはできるんだもの。それには替えられない」

「……なるほど」

佐竹は腕を組んで唸《うな》り、

「思った通り」

万輝は楽しげに笑った。

「ポリアモリーの話になると、普通の人はまず、どうしてひとりの男じゃ満足できないんだって訊いてくるのよ。佐竹先生はそうじゃなかった。思い当たる節があるんじゃないですか？　複数の人を同時に好きになっちゃった」

「それは……どうかな」

佐竹が曖昧《あいまい》に首をかしげたとき、店の扉が開いた。客のようだったが、

「ごめんなさい。今日はもうおしまい」

万輝は追い返してしまった。

「待ってて。ちょっと早いけど、看板消してきちゃう」

店を貸しきり状態にしても、万輝はとまり木に腰をおろさず、カウンターの中に戻

った。立ったまま身振り手振りで話す彼女は、男装姿と相俟《あいま》って、ひとり芝居でも演じているようだった。

3

男の格好をするのはほんのお遊び、わたしはべつにレズビアンでもバイセクシャルでもないの。ただ、男に生まれてきたらよかったなあって思ったことは何回もある。世の中やっぱり、男が遊ぶことには寛容じゃない？　それがオスのばらまき本能だとか言って。女が同じことしたら、やりまんって非難されるのにね。フェアじゃないなあって、ずっと思ってた。

でも、わたしにできたのは、せいぜい男の格好してピアノを弾くくらいのささやかな抵抗。結局のところは、一対一の恋愛をするしかないって諦《あきら》めてた。もちろん、ポリアモリーを知る前のことだから、無意識にね。複数のパートナーがいればいいのにって思っても、そんなこと口に出せるわけないから、自分で自分の感情を押し殺していたわけ。あのころは、教員の仕事もなかなか決まらなかったし、鬱屈《うっくつ》してた時期だったな。

それでも、恋はするでしょう？　ジャズバーでピアノを弾いてるとき、好きになった人がいたの。お店のお客さんで、年はずいぶん上だったけど、知的でスマートでジャズもわたしよりずっと詳しかった。いいなと思ったけど、ひと目で恋に落ちたわけじゃありません。だってその人、結婚してたから。左手の薬指にしっかり指輪が光ってたからね。

なのにその人、わたしのことが好きだって言うわけ。付き合ってほしいって。わたしが不倫はお断りって言ったら、不倫じゃないんだ、真面目《まじめ》に恋愛がしたいんだって真顔で言うの。自分はポリアモリーなんだって。たしかに結婚してるけど、妻公認で恋人をもつことができるって……。

もちろん、最初は相手にしなかった。ポリアモリーって言葉も知らなかったし、いったいどういうつもりなんだろうって。

そしたらその人……仮にAさんって呼ぶけど、お店に奥さんを連れてきたのよ。びっくりしちゃった。奥さんの前で堂々とわたしを口説くAさんにも驚いたけど、奥さんが震えるくらいの美人だったの。当時、三十七、八歳だったかな。若づくりしてるって意味じゃなくて、膝《ひざ》を出す黒いミニドレスがものすごく似合ってた。

生まれ変わったらこの人みたいになりたいって、初めて思ったくらい。モノクロ映画に出てくるフランスの女優みたいにアンニュイなのに、笑うと華やぎがあってまわりがパッと明るくなるんだもん。あのお店にはタレントさんやモデルさんもよく来てたけど、格が違うって感じだった。

わたしは男装なんかしてる自分が急に恥ずかしくなって、顔をあげられなくなっちゃった。たぶん、真っ赤になってたと思う。

それでもAさんはおかまいなしに、この子にセカンダリーになってもらおうと思うんだよ、キミはどう思う？　とか奥さんに訊いてるの。奥さんも奥さんで、いいんじゃないの、って感じでうなずいてて、完全に向こうのペース。

でもAさんは紳士だから、こっちの混乱に乗じて手込めにするとか、そういうことはしなかった。ベッドインしたのも、もうちょっとあとになってからだし。

それからもAさんはお店に通ってくれて、ポリアモリーについていろいろ話をしてくれた。日本じゃまだマイナーだけど、発祥の地アメリカじゃ何十万単位で実践してる人がいるとか……さっき佐竹先生が言ってた嫉妬についてもね、Aさんはすごくポジティヴに考えてて、決して悪い感情ではないって。嫉妬を利用して、自分の魅力に磨きをかけることだってできるとか言うの。独占欲に苦しむより、美しい嫉妬を愛したほうがいいなんて……。

そうこうするうち、Aさんの家に招待されてね。高台にある見晴らしのいいマンションョン。生活感とか全然ない、リゾートホテルみたいな素敵な部屋だった。生活感はないのに、エロスっていうか、色気っていうか、そういうのだけは息苦しいくらいに充満してるの。広い部屋なのよ。窓もたくさんあって明るくて。なのに、さっきまで誰かが使ってたラブホテルの部屋に入っちゃったときみたいな、生ぐさい空気が漂ってるわけ。

たとえば、ワインを出されると、このグラスでお酒を飲んだあと、ふたりでキスしたりしてるのかなあ、とか想像しちゃう。ソファに座ったら、ここでハグしてたのかなあとか、もしかして最後までしちゃったんじゃ……なんて、とにかくエッチな妄想が次々浮かんでくるの……。

わたしに問題がある？　そうかもしれない。当時、一年以上彼氏がいなかったから、欲求不満だったのかもしれない。でも、その、なんていうかな……そこにいるだけで、夫婦が愛しあってる感じが生々しく伝わってきたのは事実。

わたしそのころ、髪が短かったし、格好も野暮ったくて、奥さんと比べたら取るに足らないどこにでもいる女だったのね。Aさん夫婦といると、一秒ごとにその冷酷な現実を突きつけられるわけ。もし生まれ変われるなら、こういう女の人になりたいっていう見本が、目の前にいるのよ。綺麗《きれい》なだけじゃなくて料理もうまいし、取り分ける仕草がうっとりするほどエレガントだし、とっても気を遣ってくれるしね……。

問題は……そんな素敵な奥さんがいるAさんが、わたしを求めてるってことだった。本当に理解に苦しんだ。この奥さんでも満足できないAさんって、いったいどういう人なんだろうって……。

でも……でもね……正直に言うけど、わたしはそのとき、完全に欲情していたの。三人でなごやかに食事をしてるだけで、話題だってこのお料理に使ってるハーブはベランダで栽培してるのよとかそういう感じなのに、わたしの頭の中はいやらしい妄想でパンパンにふくれあがってた。

最初はね、こんな綺麗な奥さんで満足できない理由は、セックスにあるんじゃないかと思った。一見完璧《かんぺき》に見えてもベッドではつまらない女なんじゃないかとか、そういうことを……でも、一緒に食事をしているうちに、絶対に違うって確信した。こんな素敵な女性が、セックスだけ下手なわけがないって思った。わたしの妄想が追いつかないくらい、とびきりエッチなやり方で愛しあってるほうが正解に近い気がして……そう思うと、もう……。

Aさんに抱かれたいって、そのとき初めて真剣に思った。

だってそうでしょ？　そんな素敵な奥さんがいるAさんをわたしが満足させられたら、これ以上すごいことってないと思わない？　もちろん、自信なんてなかった。誰がどう見たって、わたしより奥さんのほうが綺麗なんだもん。ただ綺麗なだけじゃなくて、中身のある美人なんだもん。だけどAさんは、そんなわたしのこともきちんと見て話してくれるの。奥さんが目の前にいるのに、お店で口説いてるときと同じ情熱的な眼で、こっちをじっと見つめてくれるわけ。

心臓が破裂しそうだった。ドキドキしすぎて料理の味なんてまったくわからなかったし、なにを食べたのかも全然覚えてない。覚えてるのは、奥さんがとっても綺麗だったことと、わたしを見るAさんの濡《ぬ》れた瞳《ひとみ》、ただそれだけ。

わたしはもう、欲情しすぎて、途中から金縛りに遭ったみたいに動けなくなった。トイレに行きたかったけど、行く勇気が出なかった。行ったら絶対……用を足す以外のこともしてしまいそうだったから……。

なのにAさんたちはずっとマイペース。

「万輝ちゃんってとっても可愛《かわい》いのね。美人なのにスレてなくて、ウブな感じが気に入っちゃった。今度一緒にお洋服買いに行きましょうよ」

とかって奥さんが言うと、

「おいおい、彼女は僕の恋人候補だぜ。服を見立てるのは僕の役目だ」

なんてAさんが返して、楽しそうに笑いあってるの。

もうわけがわからないでしょ？　ポリアモリーでお互いに恋人をもっていいってことは、その奥さんにも恋人がいる可能性があるのよ。夫がいるのに、他の男に抱かれているわけなのよ。平気なんですか？　って訊きたかった。ううん、本当に訊きたかったのは、それでも夫婦を続けているのはなぜですか？　ってことだったけど……。

そうこうするうちに食事が終わって、コーヒーも飲んで、窓の外が綺麗な茜《あかね》色に染まってきてね、お酒を飲んでいなかったAさんが、わたしをクルマで送ってくれることになった。わたしはかなり酔ってた。ワインを三杯飲んだだけだったけど、明るいうちから飲んでたし、お酒以上に雰囲気に酔ったんでしょうね。気持ちよく酔っていたわけじゃなくて、天井がぐるんぐるんまわる感じ。

「ホテルに行ってください」

助手席に乗りこむと、わたしは自分から言いました。なんかもう、我慢できなかった。性欲がって意味じゃなくて、中途半端《はんぱ》な宙吊《づ》り状態にされているのが、どうにも耐えられなかったの。

Aさんは黙ってホテルにエスコートしてくれた。ラブホテルじゃなくて、きちんとしたホテル。部屋に入るなり、わたしはAさんに抱きついたの。感極まって泣きだしそうなわたしを、Aさんはとってもやさしく扱ってくれた。わたしはめちゃくちゃにされたかったのにね。わたしだけすごく乱れちゃって、恥ずかしかったな。

佐竹先生もご存じの通り、わたしってほら、淫乱《いんらん》だから。

4

自分のことを「淫乱」と言った万輝は、眼の下を赤く染めた。本人はさらりと言ってのけたつもりでも、羞《は》じらいを隠しきれていなかった。

「それで……」

佐竹は重く閉じていた口を開いた。

「Aさんと付き合うようになったわけか。彼のセカンダリーとして」

「そう」

万輝は瓶ビールの栓を抜いて出してくれた。喉が渇いてしようがなかったので助かった。レインボーカラーのカクテルとチェイサーはとっくになくなっていた。

「二番目の女なんて、プライドが許さないように見えるけどね」

「奥さんを知ってるからでしょうね。敵《かな》わないって思うし……」

万輝も立ったままビールを飲む。

「それに……ただのセカンダリーじゃないっていう自負もあるから」

「なぜ？」

万輝は唇を引き結んで眼を泳がせた。ずいぶんと長い間、逡巡《しゅんじゅん》していた。だが、彼女は言わずにはいられなかった。そのために、こんな手の込んだ形で、話をする場を設けたのだ。

「三人でしたことがあるの」

佐竹は一瞬、言葉を返せなかった。

「Aさんと奥さんとわたしで……三人でセックスしたの」

万輝の顔にはもう、羞じらいはどこにも浮かんでいなかった。むしろ誇らしげに胸を張って、衝撃の告白を果たしたのだった。

「葉山にあるAさんの別荘に、三人で行ったのね。初夏だった。海がいちばんキラキラしてるとき。もちろん、最初からそんなつもりはなくて、広いベランダがあるからバーベキューをしましょうっていう感じで行ったわけ。わたしとAさんがセックスするような関係になってからも、彼の家には何度も遊びにいってたから、その延長線上で。飲んで食べて、わたしと奥さんはテキーラでご機嫌に酔っ払っちゃって、サルサを踊ってたの。ふたりともサンドレスみたいの着てたから、すっかりリゾート気分でね。わたしは普段、絶対踊ったりしないんだけど、奥さんがはしゃぎながらサルサのステップを教えてくれるんで、調子に乗って踊りまくってた。そんなわたしたちを、Aさんはリクライニングチェアにもたれながら眼を細めて見ていてね。わたしたちは、どっちが素敵？　って競うように腰を振って、もちろん奥さんのほうが容姿もダンスもエレガンスも段違いに上なんだけど、若さだけなら負けない！　なんて、わたしも酔っ払ってたから……そうしたらAさんが、服を脱いでみなよ、って言いだして。わたしは固まっちゃったけど、奥さんはためらうことなく全部脱いだ。月明かりの下でね。あんまり綺麗な体なんで、わたしは一瞬で酔いが覚めちゃった。なんていうか……シュッとしてるの。贅肉《ぜいにく》とか全然なくて、すごく清潔そうっていうか……男に媚《こ》びてないヌードって感じ？　それに引き替え、わたしは……胸もお尻《しり》も大きくて、どう見たって男好きする体でしょう？　恥ずかしくて恥ずかしくて、でも脱がないわけにはいかないから脱いだけど……わたしと奥さんの体にはもうひとつ決定的な違いがあったわけ。奥さんは下の毛を処理していたの。パイパンだったのよ。だからよけいに、月明かりに照らされたヌードが綺麗に見えたんでしょうね。わたしはけっこう下の毛が濃いほうだったし、整えてさえいなかったから……並んで見比べられると、身をよじりたくなるほど恥ずかしかった」

万輝は両手を眼の下にあて、泣き真似《まね》をした。彼女らしくない、茶目っ気のある仕草だったが、小鼻が赤くなっていた。本気で恥ずかしかったんだろうな、と思った瞬間、佐竹は痛いくらいに勃起《ぼっき》していた。

佐竹から見れば、万輝はいままで出会ったことがないくらいの高嶺《たかね》の花だった。そんな彼女に身をよじりたくなるほどのコンプレックスを感じさせる「奥さん」とは、いったいどれほどの美女なのだろう。

しかし、それ以上に、別荘のベランダで万輝を裸にさせた「Aさん」の振る舞いに圧倒された。万輝は美人だが、じゃじゃ馬だ。佐竹には乗りこなす自信がないけれど、A氏は彼女の上に君臨し、支配している。

「裸になったわたしはとてもはしゃいではいられなくなって、奥さんに踊りましょうって言われても、背中を丸めてもじもじしてたの。おしっこ漏らしちゃった子供みたいにね。心配したAさんが、どうしたの？　って立ちあがって側《そば》に来てくれたんだけど、うつむくばっかりで本当に泣きそうだった。それで、ベッドに移動したの。夫婦の寝室にある大きなベッドに。大丈夫？　って奥さんがやさしく髪を撫《な》でてくれて、わたしはもうわけがわからない状態だから奥さんに抱きついて、そうすると女同士だから胸と胸があたったりするじゃないですか。自分より細い体の線とか、なめらかな肌の質感とか、どうしたって意識しちゃうじゃないですか。ああこれがプライマリーの体なんだってドキドキして、憧《あこが》れとは裏腹にすごいみじめな気分もこみあげてきて、涙まで出てきちゃって、泣かないで、って奥さんに抱きしめてもらって、その流れでキスまでされて……わたしは女の人にキスされたのなんて初めてだったから、口を塞《ふさ》がれながら眼だけ動かしてAさんに助けを求めようとしたんだけど、Aさんは裸になってベッドにあがってくるところだった。硬いものを反り返して……心配しなくていいよ、って言われた。彼女はどっちも大丈夫なんだ……バイセクシャルって意味なんだけど、そのときのわたしにはもう、なにがなんだかわからなかった。生まれ変わったらこんなふうになりたいっていう女の人と、奥さんさえいなければこの人のお嫁さんになりたいっていう男の人に挟まれて、両脚をひろげられて……赤ちゃんみたいな格好で、赤ちゃんみたいな無力感を噛みしめながら……」

万輝は不意に言葉を切ると、苛立《いらだ》った表情でカウンターの中から出てきた。とまり木に座ってる佐竹を、後ろから抱きしめてきた。

「……我慢できなくなっちゃった」

震える声が、耳に注がれる。

「抱いて。この前みたいにめちゃくちゃにしてよ。変態夫婦と3Pなんかしてる女を抱きたくない？　そんなことないわよねえ。佐竹先生、わたしのこと好きだものねえ。知ってるんだから、ずっと見てたこと。思春期の男の子たちより、熱っぽく……」

「いや……」

佐竹は掠《かす》れる声で言った。

「話を最後まで聞かせてくれないか」

体を起こしているのがつらいくらい、佐竹は興奮していた。股間《こかん》のイチモツは硬くみなぎり、万輝に負けないくらいセックスを求めていたが、いま話を中断されたくなかった。

「話の続き？　そんなものないわよ。ふたりはわたしをオモチャにして、わたしはオモチャにされて涙を流して喜んだ……それだけ」

それだけではないはずだった。それだけなら、長々とこんな話をする必要はない。彼女は重要ななにかを伝えようとしている。それはわかるのだが、なにを伝えようとしているのかがわからない。もしかすると、彼女自身がわかっていないのかもしれない。ならばもっとしゃべらせてみるしかない。

佐竹が黙っていると、

「わかった」

万輝が体を離した。

「だったらバーターにしましょう。エッチをしながら話をすればいいわよね」

そう言うと、おもむろにベルトをはずし、ズボンを脱ぎはじめた。

5

黒いズボンの下は、光沢のあるコーラルピンクのショーツだった。

その女らしい色合いと、女にしかない尻や恥丘の丸みに、佐竹は眩暈《めまい》を覚えた。男装しているから、よけいに色香が際立った。話を続けたいはずなのに、立ちあがってしまう。

「……ぅんっ！」

腰を抱き、唇を重ねた。キリリとした眉、濃いアイメイクとノーズシャドウ、男装をしていても、万輝は万輝だった。吐息の甘い匂《にお》いを、佐竹は覚えていた。舌と舌をからめあわせれば、瞳が潤《うる》み、表情が女そのものになっていく。

「うんっ……うんんっ……」

キスを深めていきながら、佐竹は下半身に右手を這《は》わせていった。万輝はストッキングを穿《は》いていなかった。薄布が一枚、ぴっちりと食いこんでいるだけの股間を指で撫でさする。光沢のある生地のなめらかさがエロティックすぎて、頭に血が昇ってい く。指先がクリトリスの上を通過すると、万輝は鼻奥でうめきながら身をよじった。

「話の続きをしてくれよ」

佐竹はキスをやめてささやいた。キスはやめても、指は動いていた。ショーツ越しに、女の割れ目を丁寧になぞりたてていく。

「だから……オモチャにされたのよ……」

万輝の下半身は、小刻みに震えはじめていた。

「好きな男と、理想の女に挟まれて、両脚を大きくひろげられて……すごーい、エッチなオケケね、なんて奥さんにクスクス笑われて、毛が濃い女は性欲が強いんだよな、ってAさんまで笑いだして、わたしは恥ずかしくて泣きました……だって、濡らしてたから……触って確かめなくてもわかるくらいぐっしょり……だからもう、泣いてもふたりはやさしくしてくれなかった。欲情しすぎて泣きだしたって思われたんでしょうね。たしかにそれも半分あったけど……あああっ！」

クリトリスの上で指を振動させると、万輝は白い喉をのけぞらせた。

「舐められたのか？」

万輝がうなずく。

「最初はどっちだ？」

「……奥さん」

「女同士だ。レズじゃないなら気持ち悪かっただろう？」

「わけがわからなくなってたし……」

もっと強く触ってと、下半身を押しつけてくる。

「乳首を……Aさんに吸われてたから……」

「気持ちよかったのか？」

「よく言うでしょ？　女のほうが女の体をよく知ってるって……理屈ではわかるけど、なんで？　って思った。なんでこんなに気持ちがいいのって……」

「イッたのか？」

万輝は首を横に振った。

「焦《じ》らされた……頭がおかしくなりそうなくらい……」

佐竹はごくりと生唾《なまつば》を呑《の》みこみ、右手をショーツの中に侵入させた。あるべきものがなかった。彼女を抱くのは初めてではなかった。前回はバスルームで立ちバックだったから、ないことに気づかなかったのか……。

佐竹は万輝の正面でしゃがみこみ、ショーツをおろした。パイパンだった。処理した痕跡《こんせき》もわからないくらい、完璧に脱毛されていた。万輝を見上げた。眼を泳がせながら唇を嚙みしめる。

「憧れの奥さんの真似か？」

万輝は答えず、両手で顔を覆《おお》った。

「それとも、毛がないのがA氏の趣味ってわけか？」

「……言わないで」

コンプレックスに打ち震えている万輝の姿に、佐竹は正気を失いそうなほど興奮した。手早くショーツを脚から抜いた。万輝は黒い靴下と男物の黒い革靴を履いていた。それも脱がせて、カウンターに座らせた。

脱毛技術の向上で昨今流行のパイパンだが、佐竹は生身を初めて見た。息を呑みながら万輝の両膝をつかみ、左右にひろげていった。黒い繊毛に保護されていない女の股間は綺麗だった。こんもりと盛りあがった恥丘が白く輝き、その下でアーモンドピンクの花が艶《つや》やかに咲き誇っている。綺麗だが、身震いを誘うくらい卑猥だった。

花びらの両脇《わき》に、指をあてがってひろげた。なんという複雑な色だろう。薄桃色、鮭《さけ》肉色、紅赤、朱色、珊瑚《さんご》色、薄紅、鴇《とき》色、桜色……色の洪水に眼が眩《くら》む。グラデーションが渦を巻き、つやつやと濡れ光って女の発情を伝えてくる。色艶だけではない。鼻先で匂いが揺らいでいた。それに誘われるように顔を近づけ、舌を伸ばしていく。

「……んんっ！」

蜜《みつ》をすくうように舐めあげると、万輝は背中を反らせた。両手で顔を覆っていられなくなり、手を後ろについて体を支える。

ねろり、ねろり、と舌を動かしながら、佐竹の鼻息は荒くなっていく一方だった。万輝の言葉を借りるなら、変態夫婦にオモチャにされた体だった。いちばん感じることの部分を、女の舌で嬲《なぶ》られることさえ甘んじて受け入れたらしい。

それでも不思議なくらい、おぞましさを感じなかった。万輝が言う通り、彼女のことが好きだからだろうか。にわかに答えは出なかった。ただ、舐めることをやめられない。新鮮な蜜があふれてくると、じゅるっと啜《すす》って嚥下《えんか》した。体の中に、万輝の体液を受け入れた。舐めるほどに体温があがっていき、全身の血が沸騰《ふっとう》していくようだ。

「あああーっ！」

クリトリスに舌先が触れると、万輝はのけぞってガクガクと腰を震わせた。

「続けてくれよ」

佐竹は唸るように言った。

「さっきの話、続けてくれ……」

「もっ、もうできないっ……」

万輝はすがるような眼を向けてきた。

「欲情しすぎてっ……無理っ……」

「約束が違うじゃないか」

佐竹はベルトをはずし、ズボンとブリーフをおろした。勃起しきった男根を握りしめ、濡れた花園に切っ先をあてがう。期待と不安に頬をひきつらせている万輝を見る。視線と視線をぶつけあいながら、腰を前に送りだしていく。ずぶずぶと奥まで侵入していく。

「んんっ……んんんっ……あああーっ！」

万輝は眼を開けていられなくなり、Oの字にひろげた唇をわななかせた。

「眼を開けるんだ」

佐竹は万輝の頬に手のひらをあてた。火傷《やけど》しそうなくらい熱く火照《ほて》っていた。

「眼を開けて、話の続きをしてくれ……」

ご褒美《ほうび》の餌《えさ》をチラつかせるように、ゆっくりと男根を抜き、もう一度ゆっくりと入っていく。パイパンなので、すべてが見える。

「ううう……」

万輝が恐るおそる瞼《まぶた》をもちあげる。ぎりぎりまで眼を細め、眉根を寄せた表情がいやらしすぎる。

「Aさんは……Aさんは、なかなか入れてくれなかった……」

震える声で、必死に言葉を継ぐ。

「奥さんに舐められて……わたしは何度もイキそうになってるのに……イカせてもらえなくて……延々と生殺し……入れてもらえるのは、わたしにお返ししてからねって奥さんが言って、わたしは泣きながら奥さんにクンニしました。奥さんは、わたしにクンニされながら、Aさんのペニスをしゃぶってた。わたしもそっちがよかった。Aさんのものをしゃぶりたかった。でも、させてもらえない。そのうち、クンニが下手だって奥さんが怒りだして、ベッドの上で正座させられて……その目の前で、Aさんと奥さんはセックスを始めたの……信じられなかった……信じられないくらい、男に抱かれている奥さんはカッコよかった。両脚をひろげられた身も蓋《ふた》もない格好で貫かれて、あんあんあえいでるのに、この世のものとは思えないほどセクシーなの。見ていて震えちゃうくらいエロティックなの。ぎゅっと眉根を寄せたいやらしい顔をすればするほど眼が離せなくて……ドレスを着て店に来たときより、エプロンで料理をしてたときより、裸でサルサを踊っていたときより、ずっとずっと綺麗でチャーミングで気品まであって……」

「自分はどうしたんだ？」

訊くべきではなかった。

「ふたりがやってるのを、ただ指をくわえて見てたのか？」

「わっ、わたしはっ……わたしはっ……あああああーっ！」

佐竹は腰を振りたてて連打を放った。話の続きなんて、もうどうだってよかった。間違いのない事実がひとつだけあった。万輝に常軌を逸したセックスの経験があろうが、ポリアモリーという常識はずれの考え方に囚《とら》われていようが、佐竹は彼女に、どうしようもなく惹《ひ》かれていた。

「わっ、わたしはっ……わたしは我慢できなくてっ……ふたりが腰を振りあってるのを見ながら、オナニーしましたっ……人として終わったなって、思いましたっ……でもっ……でも気持ちよかったのっ……みじめで憐《あわ》れで最低のことしてるのに、頭が爆発しそうなくらい気持ちよかったのおおっ……さっ、佐竹先生っ！　わたし、イキそうっ……もうイッちゃいそうっ……イッてもいい？　イッてもっ……はぁあああああーっ！」

佐竹に焦らすつもりはなかった。ようやくこの前のリベンジが果たせると奮いたち、渾身《こんしん》のストロークをいちばん深いところに打ちこんでいった。

第四章　ダーティ・フェイス

1

六角堂学園の学食は、中等部の校舎と高等部の校舎の間にある。

天井が高いガラス張りの建物も素晴らしいが、生徒たちが醸《かも》しだしている雰囲気がとてもいい。高等部の生徒は私服姿が多いので、なんとも言えない解放感がある。

佐竹が普段接している中等部の生徒も、他校の生徒に比べればずいぶん大人びているると思うが、高等部ともなればほとんど大学生のようであり、装《よそお》いによってはＯＬにしか見えない者までいる。

自由は人間を成長させるのだろう。とくに青春時代はそれが顕著だ。

「ここ、いいですか？」

同僚の三鷹明彦《みたかあきひこ》が、前の席にランチプレートを置いた。社会科の教師だが、テニス部の顧問としてのほうが校内では有名だった。インターカレッジでいいところまでいったらしく、白いポロシャツがよく似合う日焼けした甘いマスクと相俟《あいま》って、女子生徒に絶大な人気がある。年は佐竹のふたつ上。

「ずいぶん小食ですね？」

ハンバーグステーキを頬張りながら、三鷹が言った。佐竹の前に置かれていたのが、サンドウィッチとコーヒーだけだったからだ。それも、サンドウィッチにはほとんど手をつけていない。

「具合でも悪いのかな？　夏バテ？」

「いや、べつに……そんなことは……」

佐竹は力のない表情で答えた。体調が悪いわけではないが、週末からずっと食欲不振が続いている。

理由ははっきりしている。三日前の金曜日、万輝と朝まで過ごしたからだった。薄暗いバーで、男装姿の彼女を抱いた。何度思い返しても、現実感がない。だが、それはたしかに現実で、二回も体を重ねたということは、もはや単なるゆきずりの関係とは言えないはずだった。

ゆきずりでないならなんなのか、それはわからない。彼女が実践しているというポリアモリー、複数恋愛を受け入れたわけではないし、二番目の恋人であるセカンダリーになってもいいと了解したわけでもない。

それでも、間違いなく関係は深まった。万輝の存在が、自分の中で抜き差しならなくなっているのを感じる。今日も学校に来るなり、気がつけば彼女を探していた。職員室で後ろ姿を見かけただけで、胸の鼓動が乱れだした。いまも学食で探している。見つけたところで、昼の彼女はまともに会話すらしてくれないのに、視界に入ってくるのを待っている。

ランチプレートを持って席を探している女教師がいた。雪乃だった。佐竹を見つけて瞳《ひとみ》を輝かせたが、次の瞬間、笑顔はこわばった。佐竹の前に三鷹が座っていることに気づいたからだろう。

雪乃は何食わぬ顔で遠くの席に腰をおろした。賢明な判断だった。たとえ同僚教師と一緒でなくても、校内で仲睦《むつ》まじくランチを食べたりしないほうがいい。

「おっ、藤川先生だ……」

三鷹が振り返って雪乃を見た。

「佐竹先生、彼女とデキてるでしょう?」

「なっ……」

佐竹は驚き、それを隠すために三鷹を睨《にら》みつけた。

「まあまあ、怒んないでくださいよ。藤川先生の態度を見てたらなんとなくわかりますから」

「べつになにもありませんよ……」

佐竹はふて腐れた顔でコーヒーカップを口に運んだ。心臓が早鐘を打っていた。なぜバレたのだ、と思う。そしてそれを、どうしてそんなにも軽い調子で口にするのか。

佐竹と三鷹は、時々学食で一緒になるくらいで、特別仲がいいわけでもないのに。

「うちの学校、教員同士が飲みにいくときは届け出が必要ってことになってるじゃないですか？　でも、あんなの誰も守ってませんからね。大人数のときは出しますけど、男と女がふたりきりのときなんかは」

そういうものなのか、と思う。たしかに佐竹も、デートのときに届け出なんて出していないが……。

「知ってました？　この学校って意外に職場結婚が多いんですよ。僕が知ってるだけで、七、八組はいるかな。かくいう僕もそうなんですけどね」

三鷹は左手の薬指に光る指輪を見せた。

「うちの嫁も、六角堂の教員なんです」

「えっ……」

佐竹は棒を呑《の》んだような顔になった。目の前の男以外に、この学園には三鷹姓の教員はいないはずだった。旧姓で働いているのだろうか。だいたい、職場結婚がそんなに多いという話も初耳である。

「嫁はもう、ここにはいませんけどね。結婚したら、夫婦のどちらかが職場を変える必要があるんです。そういう不文律があるわけ」

知らなかった。

「いや、でも、それじゃあ……」

佐竹が疑問を口にしかけたとき、学食中がざわついた。六角堂学園きっての有名人、中等部の久我教頭がやってきたからだった。

隣にいるのは久我冴子《さえこ》――教頭の妻である。ふたりが並んで歩いていると、まるで映画のワンシーンのように絵になった。美男美女だし、見るからに上質な服を颯爽《さっそう》と着こなしているし、立ち居振る舞いに品がある。

いままさに、佐竹が疑問を口にしようとしたふたりだった。この学園の広報部長を務めている冴子の存在を、校内で知らない人間はいない。もちろん、久我教頭と夫婦であることを含めてである。

「あの人は、教員じゃないから職場を変えなくていいんですか?」

「まあ、なにごとにも例外はありますから」

三鷹は意味ありげに笑った。久我教頭がこの学園の創設者の血を引く者であり、いずれは理事長の椅子《いす》に座るはずだからと言いたいらしい。

なるほど例外なのか、と妙に納得してしまう。

冴子に対する佐竹の印象は、イマドキ感のあるアラフォー・キャリアウーマンというものだった。テレビ局のプロデューサーや広告代理店の管理職などにいる、やり手の女性という感じがする。久我教頭が校内で求心力を発揮しているのに対し、冴子はその美貌《びぼう》と知性とトークスキルを生かし、みずから学園の広告塔となってメディアに露出しているから、対外的な影響力が強い。

「それに……」

三鷹が苦笑まじりに続けた。

「女房と同じ職場で働くっていうのも、よく考えたらしんどいですからねえ。少なくとも僕はごめんだ。だから、結婚したらどちらかが転任するっていうルールを支持しますよ。女房はちょっと恨んでいるみたいですけど。だってほら、ここの生徒は物わかりがよくて、居心地がいいし」

たしかにそうだ、と佐竹は内心でうなずいた。それにしても、雪乃はいまの話を知っているのだろうか。彼女はあきらかに佐竹との結婚を期待しているはずだが……。

「しかしまあ、藤川先生を射止めたとは羨《うらや》ましい限りです。結婚するなら、ああいうおっとりしたタイプに限りますよ。うちのは気が強くて、毎日喧嘩《けんか》が絶えない」

「いやいや、ですから僕と藤川先生はなにも……」

三鷹は佐竹の言葉を涼しい顔で受け流して立ちあがった。ランチプレートは空になっていた。ほとんどひとりでしゃべっていたくせに、異様に食べるスピードが速い男だった。佐竹の前に置かれたサンドウィッチは、先ほどからひと切れたりとも減っていなかった。

2

「うんんっ……うんんっ……」

雪乃が口唇《こうしん》で勃起《ぼっき》しきった男根をしゃぶりあげている。唾液《だえき》の分泌《ぶんぴつ》量が相変わらず多い。ドロドロの葛湯《くずゆ》に浸《つ》かっているような得も言われぬ快感に、佐竹は陶然となる。じゅるじゅると音をたてて唾液ごと男根を吸われると、身をよじり、声を出さずにいられない。

「もっと声を聞かせて……」

甘くささやきながら口腔《こうこう》奉仕に淫《いん》している雪乃は、それに飽きたり疲れたりすることがない。いつまでも舐《な》めている。放っておけば顔中を唾液にまみれさせて、男根はおろか尻《しり》の穴にまで舌を這《は》わせてくる。

だが、その日は佐竹が我慢できなくなった。

「もう欲しいよ……」

熱っぽく見つめてささやくと、雪乃はうなずいて腰にまたがってきた。彼女とのセックスは、いつだって騎乗位から始まる。慣れているくせに、男の腰にまたがるときひどく恥ずかしそうな顔をするのは、演技だろうか。たとえそうであっても、佐竹の胸は躍る。赤くなった顔をそむけ、ハアハアと息をはずませている雪乃を見て、奮い立たずにはいられない。

「んんんっ……」

雪乃はゆっくりと腰を落としてきた。恥ずかしそうな顔をしているくせに、両脚をM字にひろげて結合部を見せつけてくるのだから大胆な女である。

たっぷりと口唇で男根をしゃぶったあとは、割れ目で男根をしゃぶるというわけだ。とことん、しゃぶるのが好きなのだろう。中腰のまま股間《こかん》を上下させるので、佐竹からは男根が出たり入ったりするところがよく見えた。何度見ても瞬《まばた》きを忘れてしまう光景だったが、やがて見えなくなった。

雪乃が上体を覆《おお》い被《かぶ》せてきたからである。

乳首を舐めるためだった。男根をねちっこくしゃぶりあげながら、長い舌を躍らせて乳首を舐め転がしてくる。音をたてて吸いたて、時に甘嚙《が》みまでして、男の快楽に奉仕する。舐めていないほうの乳首を、指先で刺激することも忘れない。

雪乃の得意なそのやり方を、佐竹は密《ひそ》かにスパイダー騎乗位と呼んでいた。まるで蜘蛛《くも》のような格好をして、男を責めてくるからだ。よくこんな無理な体勢を続けられると感心する。雪乃にとってセックスは、自分が気持ちよくなるより、相手を気持ちよくさせることのほうが重要らしい。

いや……。

彼女の場合、相手を気持ちよくさせることで、自分も興奮するのだ。その証拠に、股間を上下させるピッチが次第にあがってきている。ずちゅっ、くちゃっ、と粘りつくような音がたつ。奥からあふれた新鮮な蜜が、玉袋の裏まで垂れてくる。

「あああっ……」

いよいよ感極まってきた雪乃は、乳首を舐めていられなくなった。上体を起こして、すがるような眼で見つめてきた。

「もっ、もうイキそうっ……イッてもいい？　もうイッても……」

佐竹はうなずき、雪乃の左右の太腿《ふともも》を下からつかんだ。M字開脚を閉じられないようにして、下から律動を送りこんだ。

「あああああーっ！」

雪乃が髪を振り乱してよがり泣く。彼女の好きなように腰を振らせていたほうが、オルガスムスに達するのは早い。だが、それでは佐竹が取り残されてしまう。できることなら、イカせてやったという達成感が欲しい。

こうやって下から責めることを覚えてから、騎乗位の味わいがぐっと増した。左右の太腿を両手でつかんでいれば、下にいながら正常位のように抜き差しすることができるのだ。さらに、女体の重みを利用することで、正常位よりも深く男根を突き刺せる。いちばん奥まで入っていける。コリコリした子宮に亀頭《きとう》があたっているのがはっきりわかる。

「ああっ、いやっ……いやいやいやあああっ……」

乱れる雪乃は美しい。学校では癒《い》やし系として生徒たちに慕われている彼女も、いまや獣の牝《めす》である。欲望の翼をひろげて肉の悦《よろこ》びを謳歌《おうか》し、恍惚《こうこつ》を求めてよがり泣く。

男に貫かれるために生まれてきたような、エロスのオーラを放射してやまない。

　雪乃が最初のオルガスムスに達するまで、あと一分もかからないだろう。佐竹にはまだ余裕があった。雪乃を一度イカせてからが、こちらのお楽しみの時間なのだ。体位を変えて、たっぷりと性の愉悦を味わおう。何度も何度も雪乃を恍惚の彼方《かなた》にゆき果てさせ、それによってエネルギーをチャージしながら、心ゆくまで男の精を放出しよう。

「あああっ、ダメッ……もうダメッ……もうダメえええっ……」

　紅潮した顔をくしゃくしゃに歪《ゆが》めていく雪乃の顔を下から見上げながら、佐竹の胸にふと自己嫌悪《けんお》の暗い影が差した。

　自分がこれほどいい加減な人間だとは思っていなかった。

　万輝に心を奪われつつも、雪乃を抱けば夢中になる。万輝のようにエキセントリックな女より、あざといほど男に尽くしてくれる雪乃のほうが、自分には合っているのではないか。長い眼で見れば、雪乃のほうがずっと相応《ふさわ》しい人生のパートナーなのではないか……。

　自分で自分にうんざりする。このどっちつかずのいい加減さをなんとかしなければ、いずれ誰かを傷つけ、自分も痛い目に遭うことになりそうだ。

「ああっ……イッ、イキますっ……イッちゃいますっ……もっ、もうイクウウウウウウーッ！」

ビクンッ、ビクンッ、と腰を跳ねあげて、雪乃はオルガスムスに駆けあがっていった。佐竹によって両脚をＭ字に割りひろげられたまま、五体の肉という肉を痙攣《けいれん》させて、女に生まれてきた悦びをしっかりと嚙みしめた。

3

そこは雪乃の部屋だった。

射精を果たし、浅い眠りについていた佐竹は、眼を覚ました瞬間、ハッとしてあたりを見渡してしまった。

いままでの逢瀬《おうせ》は、週末ごとに雪乃が佐竹の部屋に足を運んできた。ウィークディに溜《た》めこんだ家事を、雪乃がしたがるからだ。

しかし、たまには彼女の部屋にも訪れてみたいと思い、佐竹のほうから申し出た。週末に会えなかったことを埋めあわせる、平日の夜の逢瀬だった。

「わたしの部屋、あんまり女っぽくないけどいいですか？」

気まずげな上目遣いで雪乃は言った。

実際、彼女の部屋は家具が極端に少なく、カーテンや絨毯《じゅうたん》やベッドカバーは地味なグレイ系で統一されていた。女っぽくないというより、殺風景といったほうが近いような感じで、かなり意外だった。なんとなく、ピンクと白が目立つファンシーな部屋を想像していたからである。

「……すごくよかった」

オルガスムスの余韻で火照《ほて》った顔を、雪乃は胸に押しつけてきた。

「わたしたち、きっと体の相性がとってもいいのね。こんなに何度もイカされたこと、いままでにないもの……」

「……そうか」

佐竹は曖昧《あいまい》に笑って雪乃の乱れた髪を直した。たしかに、体の相性はいいほうかもしれない。イキやすい彼女の抱き心地はよく、夢中にならずにいられない。相性を別にしても、全身に舌を這わせてくる彼女の愛撫《あいぶ》にはいつだって感動させられる。

だが、終わってしまえばなにかが引っかかるのも、また事実だった。なにに引っかかっているのか、自分でもよくわからないのだが……。

「どうして黙ってるの？」

「いや、べつに……」

「そういえば、最近よく学食で三鷹先生と一緒にいるね？」

「そうか……」

「わたし、あの人嫌い」

雪乃が吐き捨てるように言ったので、佐竹は苦笑した。彼女が三鷹を嫌う理由が、よく理解できたからだ。有り体に言って、チャラいのだ。女子生徒に人気があることに照れもせず、むしろ鼻にかけている。もっと俺を慕ってこいというムードを出し、慕っていけば面倒見もいい。

もちろん、そういうある種のカリスマ性を教師が発揮することは、悪いことではないのかもしれない。しかし、彼の場合、あまりにも女子のほうにばかり顔が向いているので、眉《まゆ》をひそめている向きが多いのも事実だった。学食で、さして仲がよくない佐竹の前によく座るのも、他の教員とあまりうまくいっていないからだろう。

「しかし、本当に六角堂の教師は多士済々だなあ……」

佐竹は遠い眼をして言った。

「俺も三鷹先生はちょっと苦手だけど……生徒の実力を伸ばすことができるのは、ああいう人かもしれないって思うよ」

「思春期の恋心を利用して？」

「まあ、悪く言えばそうなんだけど、先生に褒められたいっていうのも、立派なモチベーションじゃないか。勉強でもスポーツでも……」

雪乃は釈然としない顔をした。話題を変えるべきだった。セックスのあと裸で抱きあいながら、同僚の悪口を言うのはいい趣味とは言えない。

ピンポーン！

突然、呼び鈴が鳴ったので、佐竹と雪乃は眼を見合わせた。

「誰だろう？　こんな時間に……」

枕元《まくらもと》のデジタル時計は、午後十時十五分を表示していた。宅配便にしては遅すぎる。佐竹は雪乃を抱きしめ、居留守を使おうと目顔で言ったが、そこはオートロックのない建物だった。

ドンドンドンドンと乱暴に扉をノックされ、雪乃はベッドから出た。丈の長いTシャツとカーディガンで素早く身繕いを整え、玄関に向かった。

嫌な予感がした。

佐竹も下着を穿《は》き、服を着けた。咄嗟《とっさ》に頭に浮かんだのは、彼女の親が訪ねてきたのではないかということだった。この状況で親御さんとご対面はなかなか厳しいものがある。窓から逃げだしてやろうかと思ったが、間男ではないのだから、そういうわけにもいかない。

「ちょっとやめてっ！　入らないでっ！」

悲鳴にも似た、雪乃の声が聞こえた。次の瞬間、寝室の扉が乱暴に開けられ、丸刈りの男が入ってきた。十代とおぼしき若い男だった。

「へええ、驚いた。雪乃先生でも、こんなおっさんと寝ることがあるんですね」

若い男は口許《くちもと》に不潔な笑みをこぼした。

「誰だ？」

佐竹は睨みつけた。

「イガワってもんですよ。雪乃先生と付き合ってる」

耳を疑った。

「イガワくん、外で話そう」

雪乃が青ざめた顔でイガワの腕を引っ張ったが、彼に動くつもりはないようだった。

「いいじゃないですか、この人にも話を聞いてもらいましょうよ」

イガワは雪乃をいなしながら、真《ま》っ直《す》ぐに佐竹を見つめて言葉を継いだ。

「俺は雪乃先生の教え子で、恋人だったんです。童貞を捧《ささ》げたんだから、そう言ってもいいですよね？　結ばれたのは高一の夏でした。でもそれが親にバレて、刑務所みたいな全寮制の学校に叩《たた》きこまれて……二年半は長かった。しかも、この春ようやく地元に戻ってきたら、雪乃先生の居場所がわからなくなってて……探すのに苦労しましたよ」

「お願いだから、やめてイガワくん。昔の話でしょう？」

「先生にとっては昔の話でも、こっちにとってはそうじゃないんだ。俺の時計は、先生と引き裂かれてからずっととまったままだからね。高校を卒業したら晴れて先生を迎えにいけるって、それだけを頼りに歯を食いしばって頑張ってたのに、なんなんだよ、この有様は」

佐竹は言葉を挟めなかった。ただひとつ言えることは、教師が生徒と肉体関係を結べば、淫行《いんこう》である。親にはバレても学校にはバレなかったのだろうか。バレていれば、雪乃は教員を続けていられなかったはずだ。

「とにかく今日はもう帰って。後日あらためて会う機会をつくってもいいから。こんな夜中にいきなり訪ねてくるなんて、非常識よ」

「非常識？　それを先生が言いますか？　俺は知ってるんですよ。教え子の童貞を食ったの、俺だけじゃないんでしょ？　地元に戻ってから先輩たちに事情を聞いて、愕《がく》然《ぜん》としましたよ。先生は童貞ハンターなんだって……」

「いい加減にしてっ！」

雪乃は絹を裂くような悲鳴をあげたが、イガワは話をやめなかった。

「俺以外にも、童貞を食った教え子が少なくとも三人、セックスしただけならもっといるんでしょ？　先輩たちは雪乃先生のこと〈サセ川先生〉って言ってましたよ。ゲラゲラ笑いながら。とにかくすぐやらせるから、藤川雪乃じゃなくて〈サセ川雪乃〉だって。ベッドじゃエロすぎてドン引きしたって……俺は笑えなかった。先生が〈サセ川先生〉でも、俺は……俺は先生のことを……」

イガワは涙ぐみ、それをこらえるように眼を吊《つ》りあげて佐竹を睨んだ。

「なあ、あんた……この人は、あんたみたいなおっさんで満足するタイプじゃないぞ。なにも知らない童貞を、手取り足取り自分色に染めるのが大好きなんだよ。いまは猫を被っていても、そのうち絶対に本性を出す。別れたほうがいい。あんただって嫌だろ？　この人、童貞ハンターだよ。〈サセ川先生〉なんだよ。俺の地元じゃ先生の抱き心地を酒の肴《さかな》にしてる連中がいっぱいいるんだ。そんな女と付き合ってたって、恥さらしになるだけだ……」

「もうやめてっ！」

雪乃はその場に泣き崩れた。イガワは真っ赤な顔で体を震わせ、雪乃を見下ろしていた。彼もまた滂沱《ぼうだ》の涙を流しはじめるのではないかと、佐竹は思った。

「とにかく……」

イガワは涙をこらえて声を絞りだした。

「俺は絶対、別れないから……別れるつもりはないからねっ！　また来ます」

踵《きびす》を返したイガワの背中には、若さに似合わないセピア色の哀愁が漂っていた。雪乃がどれだけ汚《けが》れていようが、自分は彼女を愛し抜くという、悲愴《ひそう》な決意が伝わってきた。

4

意外にも、雪乃の部屋には酒が揃《そろ》っていた。

日本酒、焼酎《しょうちゅう》、ウイスキー、冷蔵庫には冷えたジンまであった。佐竹はグラスにジンを注ぎ、リビングのテーブルで飲みはじめた。雪乃にも勧めたが、首を振って断られた。

「いつまでそんなところに座ってるんだ。こっちに来ればいい」

雪乃は床に正座してうなだれている。イガワが帰ってからずっとそうだ。

「……軽蔑《けいべつ》しましたか？」

震える声で訊《たず》ねられても、佐竹は言葉を返せなかった。混乱していたし、動揺もしていた。まさか雪乃に、イガワの言っていたような過去があるとは思っていなかった。彼女は誰がどう見ても「お嫁さんにしたい」タイプだし、少し意地悪な言い方をすれば、本人もそれを意識して振る舞っているところがある。

それが、よりによって生徒と淫行とは……。

ゆきずりの男とセックスしていた時期がある、くらいであればまだ理解できたかもしれない。雪乃のキャラクターならそれだけで充分に衝撃的だが、女にだって性欲はあるだろうし、それをいささか無茶なやり方で解消していたと告白されたなら、ショックは受けても時間をかけて呑みこむことができただろう。

だが、淫行はダメだ。さすがに無茶がすぎる。

「わたしは……」

雪乃はうなだれたまま、途切れ途切れに言葉を継いだ。

「わたしは、断れない女なんです……たぶん、十代のころのトラウマが原因で、そんなことになっちゃったんだと思います。大学一年のときにとっても大好きな彼氏がいました。同級生です。初めてできた恋人だったので、舞いあがってたんでしょうね。デートコースとかわたしが積極的に決めてました。相手が面倒くさがりな人だったから、わたしが決めないとなにも決まらないっていうのもあったんですけど……夏休みに泊まりがけで海に行こうって提案したのもわたしからでした。もちろん、ベッドインを期待してです。わたしそのとき、処女だったんですけど……処女にだって欲望はあるんですよ。抱かれたいっていう強い気持ちが……相手は草食系っていうか、夜の公園に誘ってもキスもしてくれないような人だったから、よけいにこっちが燃えちゃって。一緒に泊まればさすがにそういう雰囲気になるだろうって……」

ずいぶん楽しげな青春のひとコマじゃないか、と佐竹は思った。佐竹の童貞喪失は無残なもので、さして好きでもない相手と酒に酔った勢いで済ませてしまった。

「でも……夜になって同じベッドで横になっても……彼は全然手を出してこないんです。わたしわざわざツインじゃなくてダブルを予約したのに……それで、思いあまってこっちからもぞもぞ身を寄せていったら、『そういうの、いいから』って……ものすごく冷たく拒絶されてしまって……悪い人じゃないんですよ。昼間はけっこう楽しく遊んでて、わたしは新調したビキニで泳いでたんですけど、それを褒めてくれたりもしたのに……ショックでした。わたしって女としての魅力ないのかなあと思ったり……大切にされてるんじゃない？　なんて友達は慰めてくれましたけど、そういう感じじゃ全然ないんです。わたしに興味がないのか、セックスに興味がないのか、まあ、両方なんでしょうけど……そうなるとやっぱり冷めちゃいますよね。秋が終わるくらいまでずるずる付き合ってましたけど、その間にわたしはサークルの先輩に誘われて処女を卒業しました。彼女がいる人だったし、やりちんっぽい感じだったけど、自分を求めてこない彼氏より、ずっとマシだと思って……たぶん、わたしはセックスがしたかったんです。ものすごく興味があった。でも、経験してしまえばなーんだって感じで、相手にも彼女がいるわけだからそれ以上発展のしようもなかった……。結局、どっちも自然消滅です。すごい気持ちが荒《すさ》みました。わたしは恋愛とかセックスに向いてないんだろうなって思って、その後ずっと彼氏もつくらなかった……その一方で、わたしは家庭教師のバイトをしていて、その教え子にものすごい勢いで迫られたことがあるんです。大学三年のときでした。相手は高三だったから、そんなに年は変わらないんですけど、その年ごろだと男の子ってすごい子供に見えるじゃないですか？同い年でも女子のほうが成長が早いくらいだから……その教え子に、『先生、エッチさせてください』って涙ながらにお願いされて……もちろん、なに馬鹿《ばか》なこと言ってるのって叱《しか》ったんですけど、なんかわたし、迫られるのがすごく気持ちよかった。ダメよ落ち着いて、なんて言いながらも、なんていうか、うっとりしている自分に気づいたんです。その子は純粋に……本当に馬鹿みたいにピュアな感じで性欲の捌《は》け口を探していただけなんです。べつにわたしじゃなくてもよかったんでしょうけど、お願いされているわたしはそれまで感じたことがない恍惚を覚えていたんです……目の前で年下の男の子がエッチしたさに文字通り身悶《みもだ》えているんですよ……ドキドキしました……発情した、って言ってもいいです……もう自分じゃとめられなかった……わたしそのとき、たった一回しかセックスの経験がなかったんですけど、なんでも知ってるおねえさんを演じて……それがまた、とっても心地いいんです……相手はなんにも知らないし、わたしの機嫌を損ねたくないから、なんでも言いなりで……処女を失ったとき、わたし、オーラルセックスを拒絶したんですね。それは許してくださいって、先輩にお願いして。なんかこう、あそこを舐めあうことにすごく抵抗があったのに、年下の教え子が相手だと、自分から大胆に……舐めてあげたりして……」

女神に見えただろうな、と佐竹は思った。佐竹は家庭教師に教わった経験がないけれど、憧《あこが》れる気持ちはよくわかる。高校生のとき、女子大生は本当にキラキラ輝いて見えたものだ。受験生にとっては、大学そのものが憧れなのだから当然と言えば当然なのだが。

生意気で日向《ひなた》くさい同級生の女子とは違い、やさしくて余裕があって潤《うるお》いがある。服装はおしゃれだし、体つきも女らしく、いい匂《にお》いが漂ってくる。そういう異性と密室でふたりきりでいて、ムラムラしない男はよほどの鈍感に違いない。

「じゃあ……」

佐竹の声はひどく掠《かす》れていた。

「それをきっかけに教え子を誘惑するようになったわけですか？」

〈サセ川先生〉と蔑《さげす》まれるほど……。

「誘惑じゃない」

雪乃が首を横に振る。

「お願いされたら……断れないだけなんです……」

どちらでも同じことだった。もし、断れないのが本当だとしても、ならば男子生徒とふたりきりにならないように注意すればいいだけの話ではないか。もちろん、その時々に固有の事情があるに違いない。だが、結果だけを見れば、淫行教師の烙印《らくいん》を押されてもしかたがないことをしている。

「冷たい眼で見ないで……」

雪乃が上目遣いで見つめてくる。

「わたしもわたしなりに反省して、もう教え子には手を出さないって決めましたから……」

本当だろうか、と佐竹は内心で首をかしげた。性癖というものはそう簡単に変えることができないものらしい。実際、彼女のベッドマナーを思い起こせば、いろいろと思い当たる節がある。

愛撫されるより愛撫したい奉仕型のセックス、男の体中に舌を這わせる濃厚愛撫、スパイダー騎乗位……そのやり方で年下の教え子を翻弄《ほんろう》していた姿が、あまりにも生々しく想像できてしまうのだ。

「ねえ、佐竹先生……」

雪乃が大粒の涙を流しながら、膝《ひざ》にすがりついてきた。

「イガワくんの話は、全部過去のものなの……消し去ってしまいたい黒歴史なんです……彼がなんと言おうがわたしには彼とやり直す気持ちなんてないし、いまのわたしが求めているのは……わたしは……佐竹先生と結婚したい」

佐竹はにわかに言葉を返せなかった。そこまではっきりと結婚の意志を告げられたのは、初めてだった。

「結婚すれば……いままでの自分と決別できる気がして……ねえ、佐竹先生。わたし、なんでも言うことをきくいいお嫁さんになります……だから、別れるとかそういうことだけは、考えないで……」

結婚は過去を清算するためにするものではなく、未来のためにするものではないだろうか——そう思ったが、佐竹は口にできなかった。今日はいろいろなことがありすぎて、まだ混乱から抜けだせていなかった。

5

数日後、佐竹はひとりで盛り場に向かっていた。

十日ほど前、万輝と夜明かしをした〈レインボー〉というバーに行くためだった。万輝と約束があったわけではない。ただなんとなく、ひとりでぼんやり酒を飲みたかったのである。

平日にもかかわらず、店はほぼ満席だった。といっても、十人も入ればいっぱいになる狭い店だ。佐竹は唯一《ゆいいつ》空いていたカウンターのいちばん隅の席に腰をおろし、スコッチのオン・ザ・ロックを頼んだ。

以前来たときは万輝とふたりだったので、大勢客がいるとまるで別の店のように感じられた。ゲイ御用達の店らしく、カウンターの中にいるのは女装したオカマで、オネエ言葉が飛びかっていた。肩を寄せあって酒を飲んでいる男同士のカップルもいれば、パッと見には性別の判断が難しい人もいる。

自由だった。

そうとしか言い様がない空気が店いっぱいに充満しており、自分はきっとその空気を吸いたくて、わざわざこんなところにまで足を運んできたのだなと、妙に納得してしまった。

佐竹にとって、万輝は自由の象徴だった。

昼は私立中学の教員、夜は男装も厭《いと》わないエキセントリックな美女。夜の彼女はみずからの欲望をどこまでも肯定し、複数恋愛という迷宮にまで佐竹を誘いこもうとしている。

もちろん、自由には代償がつきものだ。いまこの店で楽しく飲んでいるゲイだって、日常生活では差別や偏見と戦うことを余儀なくされ、普通の人間がしなくてもいい心身の消耗を甘んじて受け入れているに違いない。

万輝もそうだった。

非の打ち所がない美人であり、自由に生きているように見えても、深く傷ついている。

　万輝の告白は衝撃的だった。

　傍目には完璧《かんぺき》な美女に映る彼女が、コンプレックスに震え、ひれ伏してしまう夫婦とは、いったいどれほどの存在なのか、想像するのも難しい。

　だが、万輝が羞《は》じらいに身悶え、にもかかわらず激しいまでに欲情している姿は、ありありと想像することができた。二回目の性交で、オルガスムスに導くことに成功した経験が大きい。万輝は泣きじゃくりながら何度も何度もイッていた。その姿が、脳裏に焼きついて離れない。

　万輝に会った直後の週末、珍しく雪乃と会わなかったので、佐竹は万輝の話を思いだしては、一日中妄想に耽《ふけ》っていた。あれほどしつこく手淫で精を吐きだしたのは、高校生のとき以来かもしれない。

　万輝が、夫婦のセックスを羨《うらや》ましげに眺めながらオナニーを我慢できなくなったというくだりが、とにかく強烈だった。

　夫のセカンダリーとなり、プライマリーの妻に身をよじりたくなるような憧れと嫉《しっ》妬《と》心を抱いているのが万輝だった。そのふたりが裸で腰を振りあっているのを間近で見せつけられながら、指を咥《くわ》えて眺めていることしかできなかった。万輝の体はふたりがかりの愛撫によって発情しきっていたのに、イカせてもらえないまま放置されて……。

さぞや屈辱的だったことだろう。これでもかとコンプレックスを刺激され、けれども万輝は、その場を立ち去ることではなく、さらにみじめになる道を選んだ。夫婦の性交を眺めながらオナニーをしてしまった。

それほどまでにオルガスムスが欲しかったのか？

あるいは、立ち去ってしまうことで、夫婦と関係が切れてしまうことを恐れたのか？

いずれにせよ、その夜の出来事は、ひどいトラウマになったに違いない。万輝の立場になってみれば、同情するにあまりあるが、と同時に、佐竹の劣情を刺激してきた。彼女に惹《ひ》かれずにはいられなかった。

おそらく、万輝が反省していないからだ。どれほど傷つけられようが、欲望を肯定することをやめない。夫婦が手にしている快楽を自分も獲得するために、ポリアモリーを実践し、セカンダリーをつくろうとしている。

その強い生き様が、容姿以上に佐竹を惹きつけてやまないのだ。

トラウマといえば、雪乃の告白にも同じ言葉が出てきた。

自分からセックスを求めて拒絶された経験から、誘われると断ることができなくなったと言っていた。

だが、経緯はどうあれ、雪乃は間違いなくそこで快楽を得ていたはずだった。教え子の童貞を奪い、手練手管で翻弄することに……。

にもかかわらず、雪乃は過去を否定している。なにも知らない男の妻となることで、すべてをなかったことにしようとしている。

憐《あわ》れな女だ、と思った。

ただ単に婚期を逃すまいと必死になっているだけなら、そのあざとさにも可愛《かわい》げがあった。しかし、結婚なんてしたところで、過去から逃れられるわけがない。安易にみずからの欲望を否定すべきではない。教師にとって淫行はタブー中のタブーだが、だったら教師など辞めてしまえばいいのだ。教師を辞めて、童貞ハンターとして生きろと言っているわけではない。にわかに正解を示すことはできないけれど、みずからの欲望と社会的規範の折り合いをつけられるところを、もう少し真剣に考えたほうがいいのではないだろうか。

そういう意味では、イガワという若い男の行動のほうが、ずっと腑《ふ》に落ちる。教師との肉体関係に激怒した両親によって、厳しい全寮制の学校に叩きこまれても、雪乃のことが忘れられず、卒業後、居場所を見つけて会いにくる――若さゆえの純粋すぎる恋愛感情かもしれない。けれども、未熟なりに自分の欲望をしっかりと肯定し、それを貫こうという意志がある。みずからの欲望に眼をつむって、たいして好きでもない男の妻におさまってしまおうとしている女より、遥《はる》かに天晴《あっぱ》れな生き様ではないか。

「……ふうっ」

佐竹は苛立《いらだ》っている自分に苦笑した。

そんなことを考えてしまうのも、万輝の影響のような気がしたからだった。万輝ならきっと、いまの雪乃を許さない。淫行を許すことはあっても、自分に嘘《うそ》をつくことだけは、絶対に……。

「あら、ごめんなさい」

カウンターの中のオカマが声を張った。

「いまいっぱいなの。また出直してちょうだいな」

新しい客が来たらしい。

振り返ると、万輝が立っていた。

夏らしい花柄のノースリーブに白いガウチョパンツという装《よそお》いが新鮮だった。教員仕様のタイトスーツでも、男装姿でもない彼女を見たのは初めてだった。

佐竹と眼が合うと、困ったような顔をしてから、少し笑った。

その表情もまた、いままで見たことがないものだった。含羞《がんしゅう》の色に染まった可愛らしさが感じられ、佐竹は胸の高鳴りを抑えきれなくなった。

第五章　デビルズ・ウィスパー

1

夏休みに入った。

生徒は登校してこなくても、教員は普通に出勤しなければならないので、休みという感覚はない。ここぞとばかりに研修会や講習会のスケジュールが詰めこまれ、かえって気忙《きぜわ》しいくらいである。

佐竹は日々を坦々《たんたん》と過ごしていた。そうするように心掛けた。そうしていないと、なにかがあふれだしてしまいそうな、不穏な精神状態だった。運命なのか因果なのか、自分の意思ではどうにもならない大きな流れの中に囚《とら》われてしまった——そんな感覚だった。

このところ、万輝とよく会うようになった。週に一度はセックスしている。いつもラブホテルだった。その美貌《びぼう》や気品に似つかわしくない猥雑《わいざつ》な場所こそ、彼女は好んだ。待ち合わせには毎回、眼を見張る格好で現れた。合コン好きの尻《しり》の軽いOLのような、妙にキラキラした艶《なま》めかしい装《よそお》いのときもあれば、原宿の竹下通りが似合いそうな、可愛《かわい》らしい白とピンクの服で全身を飾っているときもあった。

タイトスーツ姿で颯爽《さっそう》と校内を闊歩《かっぽ》しているクールな音楽教師の面影は、そこにはなかった。とはいえ、まだ二十六歳という若さだし、なにしろ美人なので、どんな格好も悔しいくらいによく似合っていた。

人に見られることを警戒し、変装しているつもりなのかもしれない。真意はわからないが、とにかく一度クローゼットを見学させてほしいと真剣に思ってしまうくらい、毎回意表をつく格好で現れた。驚いて眼を丸くしている佐竹を見て、万輝は楽しそうに笑っていた。

雪乃とも会っていた。しかし、毎週末会っていたのが二週間に一度となり、セックスはせず、外で食事をして別れるような会い方になった。しばらく会わないという選択肢もあったが、雪乃が納得してくれなかった。

生徒と淫行《いんこう》していた過去について、どうにも腑《ふ》に落ちない点があり、佐竹は一度、問いただしたことがある。淫行の事実が生徒の親にバレたのに、なぜ訴えられたり、学校から処分を受けなかったのかということだ。普通なら、いくら職場を変えても、教員を続けていられないだろう。

「それは……なんというか……父がいろいろ動いてくれて……」

雪乃は言いづらそうにしていたが、さらに詰問《きつもん》していくと、彼女の実家が代々続く大地主であることを白状した。要するに、地域の実力者である父親が、裏から手をまわして揉《も》み消したのだ。

男性教師が女子生徒に手を出したなら、さすがに揉み消せなかったかもしれない。しかし、相手は男子生徒であり、雪乃がそう仕向けたにしろ、形の上では生徒のほうから関係を迫っていたから、表沙汰《おもてざた》になることを嫌った学校が、親を説得することもできたのだろう。さらに、雪乃が地元を離れて六角堂学園に赴任してきた背景にも、彼女の父親の力があったらしい。

いずれにせよ、雪乃は結婚相手に相応《ふさわ》しくない過去をもっていた。あえて品のない、露骨な言い方をすれば、童貞好きのやりまんだった。イガワという雪乃の教え子は、人間の本性は変わらないというようなことを言っていた。佐竹は肯定しなかったが、否定もできなかった。もし人間の本性が変わらないなら、雪乃が童貞好きのやりまんであるのは過去の話ではないことになる。

しかし……。

ならば、雪乃と別れて万輝と付き合えばいい、というふうにはならなかった。万輝という女のわけのわからなさが、事態をどこまでも複雑にしていた。

雪乃は童貞好きのやりまんかもしれないが、わけはわかる。結婚を考えていた男に薄汚れた過去を知られてしまい、しおらしく落ちこんでいる姿は憐《あわ》れを誘うと同時に、保護欲もくすぐられた。捨てないでと泣いてすがられて、足蹴《あしげ》にできるほど佐竹は冷たい人間ではなかった。過去はすべて水に流すという男気を見せれば、感激した彼女は一生涯、下にも置かない扱いをしてくれるのではないか――そんな姑息《こそく》な考えさえ脳裏をよぎった。

一方の万輝は、ポリアモリー＝複数恋愛を実践していると明言し、佐竹以外にも、佐竹以上に愛している恋人がいるのである。結婚はおろか、そんな女と恋愛関係を続けられるのかどうか、まったくわからなかった。

そうでなくても理解に苦しむのが万輝という女で、むしろ理解されることを拒んでいるようなところがあった。たとえば、どうして竹下通りに行くような格好をしているのか、訊《たず》ねてみても不敵に笑っているばかりなのだ。男装もそうだし、ゲイ御用達の店に出入りしている理由もそうだ。べつにトラウマにかかわるような深い事情を知りたいわけではないけれど、なにを訊ねてもはぐらかされてばかりいる。

ただ……。

それでも会ってしまうのは、セックスがいいからだった。体の相性がいいとか、床上手であるとか、そういうこともあるのかもしれないが、ミステリアスな万輝は、ミステリアスであるがゆえに、抱かずにはいられないのだ。性器を繋《つな》げているときだけは、愛しあっている実感があった。腕の中で激しく絶頂を迎えているとき、率直に彼女のことを可愛いと思えた。

雪乃であれ、過去に付き合っていた他の女であれ、セックスはコミュニケーションの一環であり、すべてではなかった。

しかし、万輝の場合はセックスしかないのだ。誰にも言えない心情を吐露しあったり、同じ景色を見て感動したり、楽しく食卓を囲むことがない。将来を語りあうこともなければ、旅行の計画を立てることもなく、セックス、セックス、セックス、そればかりなのである。

三回目以降の逢瀬《おうせ》では、もはやまどろっこしいやりとりもなく、ラブホテルに直行だった。それも、饐《す》えた匂《にお》いが漂ってきそうな淫靡《いんび》なホテルにかならず入る。

普通のホテルに行こうと佐竹が言っても、万輝は聞く耳をもってくれなかった。そして、呆《あき》れるほど淫《みだ》らに乱れる。何千人か何万人か知らないが、その場所でオルガスムスに達したどんな女よりも激しいに違いないと確信してしまうような、手のつけられない淫獣に豹変《ひょうへん》するのだった。

2

昼と夜の境界が見たかった。

窓のないラブホテルではなく、眼下に東京の街を見下ろせる高層ホテルの部屋に泊まるのだ。目ん玉が飛びでるくらい金がかかるだろうが、それでもかまわない。窓の外の青空が夕焼けの茜《あかね》色に沈み、やがて夜の闇《やみ》に吸いこまれていく光景を、つぶさに眺めてみたいという衝動を抑えきれなくなった。

もちろん、万輝と一緒にである。

本当に見たかったのは、昼の彼女と夜の彼女の境界だった。昼間、学校で接している彼女と、夜の街で落ちあう彼女の落差に、佐竹はいつも愕然《がくぜん》とさせられていた。

まるで別の女だった。

しかし、万輝はやはり万輝であり、二重人格とかそういうことではない。一貫性はあるのに、夜の彼女はあまりにも奔放すぎる。夜が彼女を豹変させ、夜が彼女を狂わせているような気がしてならない。

だから、昼と夜の境界が見たかった。見れば、万輝という女を理解できる糸口がつかめる気がした。万輝を理解したかった。愛するに足る理由を求めていた。その時点ですでに、すっかり心を奪われていることは間違いなかったが、このままでは不安すぎて精神の平衡が保てない。

週末を使って、都内の外資系高層ホテルに一泊——意外にも、万輝はふたつ返事で快諾してくれた。普通のホテルではなく、エグゼクティブ御用達の高級ホテルというのが、彼女のプライドをくすぐったらしい。

まだ明るい午後四時に、部屋で待ち合わせた。ラブホテルではできない芸当だった。約束の時間より一時間も早くチェックインした佐竹は、部屋を眺めて満足した。ラグジュアリー感を過剰に演出した内装も見事だったが、なにより窓からの眺めである。宿泊料を考えて憂鬱《ゆううつ》になることから、少なくとも一瞬だけは解放された。

地上三十七階から眺める景色はまさに鳥瞰《ちょうかん》という言葉が相応《ふさわ》しく、夏の空は紺碧《こんぺき》に燃えて、夕焼けを期待できそうだった。ベッドに寝そべりながら、窓の外が眺められるのもよかった。万輝が来たらすぐに、明るいうちからセックスを始めようと思った。そして、裸で抱きあったまま、夕焼けを眺めるのだ。

夜になったとき、万輝はどんな表情をしているだろう。あるいは明るいうちのセックスは拒まれ、夜になった途端、淫蕩《いんとう》な本性を現すのだろうか。

扉がノックされた。

万輝はいつものように、いや、いつも以上におかしな格好で現れた。はっきり言って唖然《あぜん》とした。

文字から血のしたたっているようなデザインのTシャツに、似たようなセンスのメッシュキャップ、首にも耳にも手首にもジャラジャラと安っぽいアクセサリーをつけ、裾《すそ》がほつれたデニムのショートパンツにスニーカーだった。まるで、下北沢のライブハウスの前でたむろしている、バンドギャルである。

「どういう種類の冗談なんだ?」

佐竹は顔をひきつらせた。

「ここのレストラン、ドレスコードがあるんだぜ。着替えを持ってきているのかい?」

「いいわよ、レストランなんか行かなくて」

万輝は鼻で笑ってテーブルに荷物を置いた。両手に大きな紙袋を持っていた。服を買ってきたわけではなさそうだった。

「なんだい、それは？」

「ケーキとシャンパン」

万輝は不敵に笑った。

「こういうところでシャンパンなんか頼んだら、とんでもない額を請求されそうでしよ？」

万輝はフロントに電話をして、アイスペールと氷を頼んだ。それが運ばれてくると、仰々しい箱に入っていたシャンパンを、氷で冷やしはじめた。

「もしかして、誕生日なの？」

「違うけど」

「だって、ケーキとシャンパンって……」

「誕生日じゃなかったら、ケーキとシャンパンをマリアージュしちゃいけないわけ？いちおう気を遣ってるんだけどな。素敵なホテルにエスコートしてもらったお礼よ」

万輝が身を寄せてくる。装いに合わせたのか、いつもより強い香水をつけていた。戸惑っている佐竹を見て、さも楽しそうにニヤニヤしているその表情は、すっかり夜の彼女だった。どうやら、昼と夜の境界を見ようという作戦は、失敗に終わったらしい。

「気を遣ってくれるなら……服をなんとかしてほしかったけどな……」

溜息《ためいき》まじりに佐竹が言うと、

「どうして？」

万輝は待ってましたとばかりに食ってかかってきた。

「我ながら、けっこうイケてると思うけど。ここのロビーでも、みんな振り返ってわたしを見てましたよ。エグゼクティブとか外国人が……」

それは、あまりに珍奇な格好をしているからだろう。すわ売春婦かと、眉《まゆ》をひそめられたのかもしれない。いままでいろいろな格好を見てきたが、これればかりはいただけない。

いや……。

間近で万輝を見ていると、自分の考えに自信がもてなくなってきた。たしかに彼女は、外資系の一流ホテルにやってくるにしては、場違いな格好をしている。チープで粗野でみすぼらしくさえある。

けれども、その服を着ているのは、容姿端麗な高嶺《たかね》の花なのである。帽子を被《かぶ》っていても、顔の小ささと目鼻立ちの端整さは隠しきれない。Tシャツを盛りあげているバストは大きく、腰は引き締まり、なにより、デニムのショートパンツから伸びた素足が、まぶしいほどの乳白色に輝いている。

「この服がお気に召さないなら」

万輝は両手を腰にあてて、おどけたように言った。

「早く脱がせてもらえません？　裸になれば、関係ないでしょ？　佐竹先生が用があるのは、裸のわたしでしょう？」

佐竹は答えに窮した。たしかに、彼女と会う目的はセックスだった。どんな格好をしていようが、裸になって腰を振りあってしまえばそれでいいのかもしれない。

しかし今日は、今日ばかりは、もう少し彼女を理解しようと思っていたのだ。自分をここまで駆りたてる女の本心を、ほんの少しでもわかりたいのだ。わかることで、愛したいのだ。

だが、万輝は理解されることをどこまでも拒む。ポリアモリーで言うところのセカンダリー＝二番目の恋人というのは、単なるセックスフレンドのことなのだろうか。気持ちが通じなくても、セックスが盛りあがればそれでいいのか。

「自分で脱げってことかしら？」

万輝は拗《す》ねたように言うと、キャップを脱いでソファに投げた。Tシャツを頭から抜き、デニムのショートパンツをおろし、淡いオレンジ色の上下だけになったかと思うと、それも躊躇《ためら》うことなく脱いでしまった。

瞬《また》く間の出来事に、佐竹は呆然《ぼうぜん》と立ち尽くしていることしかできなかった。

午後の陽光が差しこむ三十七階の部屋で、万輝は一糸纏《まと》わぬ姿になった。いや、アクセサリーの類《たぐ》いはまだ彼女の体を飾ったままだったが、万輝の場合、股間《こかん》に茂っているものがない。こんもりと盛りあがった白い恥丘が剝《む》きだしで、割れ目の上端さえチラリとのぞいている。そのせいで、普通の女の全裸より存在が生々しく、裸以上の裸に見える。

「やっぱり恥ずかしいな。明るいところで……わたしばっかり裸になって……」

あなたも脱いで、と万輝は言いたいのだろうと思った。しかし彼女は、佐竹には一瞥《いちべつ》もくれず、自分が部屋に持ちこんできた紙袋を探り、ケーキの箱を開けた。純白のショートケーキが、ホールで収まっていた。

万輝は生クリームを指先ですくって、乳房の先端に塗った。左右の乳首を生クリームで隠すと、さらに股間までデコレートしていった。ちょうど恥毛があるべきところに、生クリームが盛られた格好だった。

「美味《お》しそう？」

万輝が悪戯《いたずら》っぽい笑顔で訊ねてきた。

「……ああ」

佐竹はすっかり気圧《けお》されていた。女の裸は不思議なものだった。恥部を隠したほうが、全裸でいるよりいやらしく見える。

「じゃあ、食べてもいいよ」

「……ああ」

うなずきながら、佐竹の胸には諦観《ていかん》がひろがっていった。彼女のパフォーマンスはいつだって意味不明だが、気がつけば魅せられている。意味を探ることが馬鹿馬鹿《ばかばか》しくなり、意味のない世界に溺《おぼ》れたくなる。

3

窓の外は、すっかり夜の漆黒に塗りつぶされていた。

青空が茜色に沈み、夕焼けが夜闇《よやみ》に吸いこまれる瞬間がたしかにあったはずなのに、佐竹は気づかなかった。見たような気もするが、すでにどうでもいいことになっていた。

贅《ぜい》を尽くしたホテルの部屋に充満しているのは、退廃の匂いだった。

生クリームの甘ったるい香り、シャンパンの酸味、男と女がまぐわった汗と体液の匂い、さらには生ぐさい精液の臭気までが混じりあい、わけのわからないことになっている。

佐竹と万輝は、お互いの性器に塗りたくった生クリームを舐《な》めあった。途中で万輝がシャンパンを抜き、それを飲みながら舌を使った。辛口のシャンパンと甘さ控え目の生クリームのマリアージュは超絶美味で、ふたりともあっという間に酔っ払った。万輝の美しい顔は、アルコールと性的興奮で生々しいピンク色に上気し、さらに生クリームの脂《あぶら》でテラテラした光沢を放って、途轍《とてつ》もなくいやらしいことになっていた。いやらしいと同時に美味しそうで、まるでケーキとシャンパンの化身になったようだった。

食べてしまいたかった。佐竹はありったけの生クリームを万輝の体に塗りたくって舐めた。乳首にも腋窩《えきか》にも首筋にも塗ったけれど、いちばん熱心に塗ったのは、もちろん両脚の間だった。そこに塗りたくった生クリームは、ただ美味なだけではなかった。シャンパンとのマリアージュどころではない。万輝の漏らした発情のエキスとのマリアージュなのである。

恥毛の生えていない万輝の女性器は舐めやすく、この世にこれほど夢中になれるものがあるのかと思った。生クリームを舌ですくい、万輝の味を発見すると狂喜乱舞してはしゃいだ。生クリームにまみれたクリトリスの舐め心地は、脳味噌《のうみそ》が沸騰《ふっとう》しそうなほど卑猥だった。

そうやって突入したセックスは、かつてない熱狂的なものとなった。お互いが欲望の修羅と化し、我を忘れて肉の悦《よろこ》びを追い求めた。佐竹は腰を振りたてながら、ずっと雄叫《おたけ》びをあげていた。射精の瞬間以外に、あれほど声をあげて女とまぐわったのは初めてのことだった。

「さすがに気持ち悪いね？」

万輝が抜け殻の表情で苦笑した。体中が生クリームの残滓《ざんし》でベトついていた。それが気持ち悪いのは、佐竹も一緒だった。

「わたし、シャワー浴びてきてもいいかな？」

「淋《さび》しいこと言うなよ。一緒に浴びよう」

佐竹は万輝の手を取り、バスルームに向かった。熱いシャワーで体をきれいにすると、今度は喉《のど》の渇きと空腹を覚えた。レストランは無理でも、バーならそれほどドレスコードが厳しくないのではないかと思った。入店を拒まれたら、街に繰りだせばいい。

フロントに電話をかけ、ベッドメイクをお願いしてから部屋を出た。万輝はバンドギャルの格好だった。エレベーターホールでさえ、その格好は完全に場違いだった。しかし、初見のときのような嫌悪《けんお》感はもうなかった。よく似合っているとさえ思った。なんでも着こなしてしまう彼女が誇らしかった。佐竹はまだ、セックスの余韻の中にいた。

そのホテルは四十階がフロントロビーになっていた。そこから、バーやレストランのある三十九階に向かって吹き抜けの階段を降りていくと、官庁街を望む圧巻の夜景が迎えてくれる。吹き抜けが全面ガラス張りになっているから、眼も眩《くら》むような迫力だった。その景色が、佐竹をますます夢心地にさせた。

吹き抜けの下がバーラウンジになっていて、ラウンジを囲むように和洋中のレストランの入口がある。ゆったりしたソファに並んで腰をおろすと、黒服のボーイが注文をとりにきた。万輝の格好にはなにも言われなかった。佐竹はビールを、万輝はジンリッキーを頼んで乾杯した。

夢心地の気分でいるのは、佐竹だけではないようだった。うっとりと眼を細めて豪華な夜景を楽しんでいる万輝も、見たことがないくらいリラックスしていた。彼女の本心を理解したいなどという欲望は、もはやきれいさっぱり消え去っていた。彼女がなにを考えていようが、もうどうでもいい。恍惚《こうこつ》を分かち合った充実感の前には、些《さ》末《まつ》な執着心に思えてならない。

オルガスムスの余韻を残した万輝の顔を眺めていると、つくづくそう思う。ピンク色に染まった頬が、ジンリッキーの酔いでますます輝いていく。夜景など一瞥もできないほど、佐竹は万輝の艶めかしい表情の虜《とりこ》となり、早く部屋に帰って続きがしたい衝動すらこみあげてきてしまう。

だがそのとき――。

あり得ない人物が、佐竹の視界に入ってきた。佐竹の位置からは中華レストランの入口が見え、そこから十名ほどの団体客が出てきた。背の高い白人のエグゼクティブたちだった。その中に、ひとりだけ日本人がいた。女性だった。見るからに仕立てのいい純白のスーツを着ていたので、自然に眼を惹《ひ》かれた。

見覚えのある顔だと思った瞬間、佐竹は青ざめた。

久我冴子だった。

六角堂学園中等部のカリスマ教頭・久我憲司の妻であり、みずからも広報部長として辣腕《らつわん》を振るい、メディアへの露出も多い学園の広告塔である。

佐竹が気づいたのと同時に万輝も気づいたようで、次の瞬間、ふたりは身をすくめて顔を伏せた。六角堂学園では、教員同士が飲みにいく場合、届け出を出さなければならない規則がある。誰も守っていないという噂《うわさ》もあるが、ここで久我冴子と鉢合わせになるのは、いかにもバツが悪かった。

夜景の見えるホテルのバーという、艶《つや》っぽい場所だった。おまけに万輝は、プライヴェート感満載の格好をしている。

しばらく顔をあげられなかった。ふたりが座っているソファから、中華レストランの間に仕切りはないが、十メートル以上距離があった。なんとかやり過ごせるだろうと思いつつも、鼓動の乱れがおさまらない。もう大丈夫だろうか？　冴子はエレベーターに乗っただろうか？

「偶然ね」

ポンと肩を叩《たた》かれ、佐竹の背筋は伸びあがった。隣で万輝が、同じリアクションをとった。

恐るおそる振り返ると、冴子が楽しげに笑っていた。茶目っ気たっぷりに佐竹と万輝の顔を交互に眺め、くんくんと鼻を鳴らした。どこか芝居がかった、悪戯っぽい所作だった。

「セックスの匂いがする」

冴子の言葉に、佐竹の心臓はとまりそうになった。

「ちょっと待ってて。お客さまをお見送りしてくるから。わたしも仲間に入れてちょうだい」

冴子が去っていっても、佐竹は顔をあげられなかった。万輝もそうだった。表情から色が失われ、唇を嚙《か》みしめながら震えていた。

最悪の展開だった。

冴子の台詞《せりふ》は、直感が吐かせたものに違いない。あるいは鎌《かま》をかけただけなのかもしれない。いくらなんでも、セックスの匂いがするわけがないからだ。

しかし、事実は冴子の言った通りだった。混乱する頭で、どうするべきか考えた。酒を飲んでいただけだと、あくまでシラを切り通すべきだろうか。当然そうすべきだが、しんどい作業になりそうだった。

ふたりで酒を飲んでいるだけでも、規則に違反しているからだ。学園に内緒でホテルのバーで飲んでいたとなれば、状況証拠としては限りなくクロに近いと判断される可能性は高い。

セックスの匂いがする――そう言い放った冴子は楽しげに笑っていたが、正直にすべてを打ち明け、寛大な処置を求める気にはなれなかった。世の中には、人の弱みをつかんで勝ち誇ったように笑う輩《やから》が存在する。

冴子は、将来の理事長を夫にもつ勝ち組だった。人種が違うとでも思っているのか、常に上から目線で人を見下し、この世の春を謳歌《おうか》している。

いくら美人で品があっても、たとえやり手でメディア受けがよくても、佐竹は彼女をひとりの人間として信用できなかった。初対面のときから、鼻持ちならないものを感じていた。

4

それにしても、万輝の怯《おび》え方は尋常ではなかった。

真っ青になって震えているばかりで、声をかけることさえ躊躇われた。

口裏を合わせておくべきだったのに、なにも話せないまま、冴子が戻ってきてしまった。もっとも、どういうふうに口裏を合わせればいいのか、皆目見当がつかなかったが……。

「ちょっとつめてもらえる？」

向かいの席があるにもかかわらず、冴子は万輝の隣に無理やり尻をねじこんだ。ソファは大人が三人座れるサイズだったが、なんだか妙な感じだった。

「なに飲んでるの？」

冴子の口調はフランクで、偶然再会した旧友と酒を飲み交わすような感じだった。

「えっ、あっ……ジンリッキーです」

万輝の顔と声は可哀相《かわいそう》なくらいこわばっていた。

「ふうん、佐竹先生は？」

「……ビールです」

「ふふっ、せっかくゴージャスな夜景を見てるのに、しけてるのね。わたしがご馳走《ちそう》するから、シャンパン抜きましょう」

冴子はボーイを呼び、シャンパンを注文した。アイスペールに入れられたボトルが、すぐに運ばれてきた。佐竹は啞然としていた。先ほどメニューを見たのだが、シャンパンはいちばん安い銘柄でも三万五千円、冴子が注文したものは七万を超える。

「乾杯！」

金色に輝くフルートグラスを掲げた冴子はどこまでもエレガントで、佐竹は一瞬、見とれてしまいそうになった。こう言ってはなんだが、万輝の美貌が霞《かす》んで見えた。

バンドギャルの格好なんてしているから、なおさらだった。オペラ見物に来た貴婦人と、オペラ座の大道具助手くらい差があった。

もちろん、装いだけの問題ではない。万輝からはいつもの自信満々さが、すっかり消え失《う》せていた。自信は人に存在感を与え、輝きをもたらす。おまけにひどく怯えているから、まるで蛇に見込まれた蛙《かえる》である。

「紹介してくれないの？」

冴子が悪戯っぽく笑いながら、万輝を肘《ひじ》でつついた。万輝はうつむいてもじもじしているばかりで、そういう彼女の態度にも違和感を覚えたが、佐竹は内心で首をかしげていた。

紹介もなにも、佐竹と冴子は同じ学園で働いているのである。教員と事務方なので毎日顔を合わせるわけではないが、すれ違えば挨拶《あいさつ》をするし、そもそも知っているからこそ声をかけてきたのではないのか。

怪訝《けげん》な顔をしている佐竹をよそに、万輝はそわそわと落ち着かず、なにか言いたげに口を開いてみても、その口から言葉が出てくることはなかった。

「まったくどうしたの、あなたらしくもない……」

冴子は万輝の様子に苦笑をもらした。

「セカンダリーなんでしょ？」

佐竹は耳を疑った。

「そういうのオープンにしましょうって、約束したじゃない？　いつから佐竹先生と付き合ってるの？　もしかして、今日が初めての夜？」

一瞬、時間がとまった気がした。

万輝の顔はこれ以上なく歪《ゆが》みきり、冴子は笑っていたが、その笑い声が聞こえなくなった。むしろ、万輝が心の中で叫んだ悲鳴が聞こえてきそうだった。

まさか……。

佐竹の額に、じわりと汗が浮かんでくる。心臓が早鐘《はやがね》を打ちだし、息ができなくなってしまう。

切れぎれに与えられていた情報が、一本の線に繋がっていった。

万輝の長い告白を思いだす。彼女をポリアモリーに誘ったのは、年上の既婚者だと言っていた。彼は妻をもちながら万輝との恋愛を求め、万輝がピアノを弾いていた店に妻を連れてきた。震えるくらい気品のある、美しい妻だったらしい。

――久我憲司と久我冴子だったのである。

なるほど、そうであるならいろいろと腑に落ちる。万輝ほどの高嶺の花が恋い焦《こ》がれている男というのが、佐竹にはいまひとつイメージできなかった。久我憲司なら納得できる。容姿は整い、物腰はスマートで、社会的地位もある。もちろん金だってあるだろうし、女の扱いだってお手のものに違いなく、みずからギターを弾くほどジャズへの造詣《ぞうけい》も深い。

そして、もうひとつ引っかかっていたのは、ジャズバーでピアノを弾いていた男装の麗人が、どういう経緯で六角堂学園の音楽教師になったのかということだった。それなりのコネクションがないと、簡単には採用されない学校だった。実際、佐竹にしろ、雪乃にしろ、親のコネを使っている。

久我憲司と関係があれば簡単な話だろう。未来の理事長の鶴《つる》のひと声で採用である。

しかし……。

ということは、目の前にいる冴子もまた、ポリアモリーの実践者ということなのだろうか。夫以外に恋人をもち、肉体関係を結んでいる……。

いやいや、それどころか、万輝は夫婦ふたりとベッドインしたことがあるとまで言っていた。ふたりがかりで執拗《しつよう》に愛撫《あいぶ》され、けれどもオルガスムスは決して与えられず、泣いても叫んでも焦《じ》らし抜かれる生殺しの状態で、そのうち夫婦は万輝の目の前で性器を繋げて腰を振りあいはじめ、万輝はそれを見て泣きながら自慰に耽《ふけ》ったと……。

「ねえ、万輝ちゃん……」

冴子はにわかに冷たい表情になり、蔑《さげす》みの眼つきを万輝に向けた。

「わたしあなたの、そういうところ嫌いだな。都合が悪くなると、下向いてだんまり決めこんじゃって……はっきり言ってごらんよ。佐竹先生とおまんこしてたんだろ？　黙ってたって、おまんこの匂いがぷんぷんするんだよ」

佐竹は凍りついたように固まった。

冴子の声は低く絞られていたのでまわりには聞こえなかっただろう。このバーラウンジは席と席の間隔がゆったりしているし、ＢＧＭも流れている。

だがその言葉と声は、鋭利な刃物のように佐竹の魂までをも貫いた。冴子がそういう言葉遣いをするような人間には見えないだけに、すさまじい衝撃があった。

「……すいません！」

万輝は口を押さえて立ちあがり、トイレのほうに駆けていった。その後ろ姿を眺めながら、冴子は鼻で笑った。

「どうしちゃったのかしらね、楽しく飲みたいだけなのに」

冴子は視線の動きだけでボーイを呼び、自分と佐竹のグラスにシャンパンを注がせた。冴子ほどシャンパンをエレガントに、かつ美味しそうに飲む人間を、佐竹は他に知らなかった。

「あの子、青山のジャズバーでピアノ弾いてたのよ。男の格好して。ご存じでした?」

「ええ……まあ……」

佐竹は渇いた喉にシャンパンを流しこんだ。冴子のように優雅にはとても飲めなかった。フルートグラスを持つ手が震えていた。

「ひどい悪趣味だった。悪趣味って逆に、センスがいるの。オカマの女装を見れば、いいのと悪いのと一目瞭然《いちもくりょうぜん》でしょ。あの子の男装はダサかった。失笑、って感じ。でも、うちの夫はそういうのが好きなのよ、困ったことに」

「……悪趣味が、ですか?」

「そうじゃなくて、悪趣味に走る精神状態のほうかしらね。まあ、ブサイクがなにやってたって興味をもたないでしょうけど、彼女はそれなりの容姿をしてるでしょう? で、歪んでる。コンプレックスの塊。育ちがよくないのね。小さいころから、お金にはずいぶん苦労したみたい。そういう環境で育ったくせに、無理して音大なんか行くから、よけいにコンプレックスにまみれちゃったわけ。音大なんてね、一千万、二千万のグランドピアノを買いあたえられる親がいて、初めて行けるところよ。間違っても騒音のクレームなんてこないような広い家に住んで、外国人のマエストロにレッスンしてもらってね。貧乏人の子供でも、死ぬほど練習すれば、鍵盤《けんばん》叩くのだけはうまくなるかもしれないわよ？　だけど、それじゃあクラシック音楽なんて永遠に理解できない。あの子には教養ってものがないもの。こんな素敵なバーに来て、ジンなんて飲んじゃう。わざと薄汚い格好をして、金持ちを小馬鹿にした気になって喜んでる。浅はかなのよ、なにもかも。背伸びしないで、自分に相応しい居場所を見つけられれば、楽しく生きられるのにね。世の中には、背伸びしてる人を見ると、足を引っかけたくなる人間がいるんだから……わたしのことだけど」

ククククッ、と喉を鳴らして笑う冴子を見て、佐竹の背筋は寒くなった。この女は悪魔だと思った。悪魔が退屈しのぎに、万輝の心と体をもてあそんでいるのだ。ポリアモリーなんて、単なる口実にすぎないのではないか。

だが……。

冴子の言葉を、タチの悪い戯《ざ》れ言《ごと》だと捨て置くことはできなかった。

一点だけ、誤解があった。万輝がジンリッキーを飲んでいたのは、佐竹の懐《ふところ》具合を慮《おもんぱか》ってくれたからで、教養がないからではない。

しかし、それ以外の指摘は、すべてあたっているような気がした。万輝が裕福ではない家庭で育ったのかどうか、事実はわからない。わからないが、そんな気がする。あれほど容姿に恵まれた女が、コンプレックスの塊になるとしたら、そういう背景でもなければ理解できない。

万輝は久我憲司を愛し、その妻である冴子に憧《あこが》れている。身をよじるほどのジェラシーを覚えつつ、久我夫婦を崇《あが》め奉《たてまつ》っている。だが、万輝が冴子に憧れれば憧れるほど、冴子は万輝を嘲笑《ちょうしょう》の的にする。

当然だろう。

万輝は自分を見失っている。

5

冴子と話しこんだせいで、ずいぶん時間が経《た》ってしまった。

シャンパンのボトルが空になると、冴子は席を立ち、花信風《かしんふう》のようにさわやかにその場から去っていった。

万輝はバーに戻ってこなかった。

佐竹は自分たちの部屋に向かいながら、乱れる心臓の音を聞いていた。

もし万輝が部屋にいなかったら、草の根を分けてでも捜しださなければならない。

昼と夜の境界は見られなかったけれど、万輝という女の核心にようやく触れられた気がした。いまなら五分と五分で渡りあえそうだった。部屋にいてくれることを祈りながら、扉を開けた。

万輝はベッドでうつ伏せになっていた。淡いオレンジの下着姿だった。丸い尻がセクシーだった。着ていた服や帽子が、床に脱ぎ散らかされていた。無残に破られたTシャツが痛々しかった。

泣いているわけではなさそうだった。

眠っているわけでもない。

あんなことがあった後で、安らかな眠りにつけるはずもない。

佐竹は所在なく部屋の中をうろうろした。かける言葉を探した。気の利《き》いたことは言えそうになかった。

「なあ……」

声をかけたが、無視された。

「俺をプライマリーにしてくれないか？」

万輝が顔をあげる。泣き顔ではなかったので、佐竹は安堵《あんど》の溜息をもらした。万輝に涙は似合わない。

「……なに言ってるの？」

「プライマリーにしてほしい」

「正気？　わたしのプライマリーが誰なのか、もうわかったでしょ？　久我憲司よ。あなた、久我憲司と比べられて勝てる自信があるわけ？」

「勝つとか負けるとか、そういうことじゃないんじゃないか」

佐竹はベッドに腰をおろした。

「俺はキミのことが好きなんだ。今日、それがよくわかった。だからプライマリーに……いや、できることならポリアモリーなんて馬鹿げたこともやめて、俺だけのものになってほしい」

万輝は言葉を返してこない。唖然とした顔をしている。突然、自信に満ちた態度で口説きはじめた佐竹を見て、不思議そうに眉をひそめる。

「キミは久我憲司に遊ばれてるだけさ。久我憲司と……冴子さんに。いい加減眼を覚ますんだ」

「だったら……」

万輝の顔がにわかに赤くなる。

「あなたはわたしに遊ばれてるだけね」

「だから、遊びはもうやめて、本気になってもらえないかと頼んでる」

沈黙があった。万輝が体を起こし、力なく笑いながら首を振る。

「なんにもわかってない……本気になろうとして本気になる……そんなことできないでしょう？　人の気持ちは……」

「そうだな……」

佐竹はうなずいた。

「じゃあ、セカンダリーでもいいさ。なんなら、下僕でも奴隷《どれい》でもかまわない。とにかく、俺にはキミが必要なんだ。それだけは伝えておきたかった」

手を伸ばすと、払われた。総毛を逆立てた猫のような、すごい形相で睨《にら》まれた。佐竹は笑った。美人は得だと思った。怒っても、美しい。

「なんなの？」

万輝の声は震えていた。

「どうして急に……やさしくするわけ？」

佐竹は答えなかった。

「わたし、そんなにみじめかなあ……あなたに同情されちゃうくらい……」

「ああ」

うなずいた佐竹の顔に、平手打ちが飛んでくる。ピアニストの手指は繊細なだけではなく、力強かった。続けざまに、何発か打たれた。頬がカアッと熱くなった。眼の裏で火花が散り、炎まで見えそうだった。

殴られても文句は言えなかった。ひどいことをしている自覚があった。万輝はもう充分に傷ついている。彼女は頭の悪い女ではない。いくら憧れたところで、自分が冴子になれないことくらい、充分に承知しているはずだった。久我憲司が決して万輝をプライマリーにしないこともだ。

それでも執着してしまうのは、万輝が自分と向きあっていないからだろう。なるほど、彼女はみじめだった。彼女が実践しているのはポリアモリーでもなんでもない。そういう口実を与えられ、久我夫婦のオモチャにされているだけだった。世の中に、これほどみじめな存在はそうはいない。

しかし、そのみじめさが愛《いと》おしい。それを知って初めて、佐竹の心は動いた。万輝を本気で愛せるような気がした。みじめな女を愛する、みじめな男になることにした。佐竹自身が、みじめさと向きあう覚悟を決めた。

「いま冴子さんに……」

殴り疲れて肩で息をしている万輝に、佐竹は言った。

「冴子さんに頼んでおいたよ。キミを解放してくれって。もう自由にしてやってくれってね……」

「……なに言ってるの？」

万輝の顔が歪む。

「快諾してくれたよ」

「ふざけないで……」

「本当の話さ」

「人を……人を飼い犬みたいに……」

「いや、飼い犬だったら、ふたつ返事で手放すなんて言わないだろうな。もっと大切にする」

佐竹の頬に平手が飛んでくる。肉と肉とがぶつかりあう音が、頭の芯《しん》まで響いてくる。

「いい加減理解しろよ。あの人たちにとって、キミは飼い犬以下の存在なんだよ……それとも、久我憲司に会いにいって、捨てないでくださいってすがりつくかい？　キミにはできない。飼い犬以下のオモチャにされることを受け入れられても、そういうことはできない女だろう？」

万輝はもう、平手で叩いてこなかった。怒りで顔を真っ赤に燃やし、唇をわなわなと震わせているばかりだった。瞬《まばた》きをすると、小粒の真珠のような涙が、ふっくらした頰を伝って落ちた。

こういうふうに泣くんだな、と思った。その泣き顔が彼女らしくて、佐竹の胸は熱くなった。

とはいえ、女の涙は高くつく。それなりの代償を払う覚悟がなくては、女を泣かせてはならない。

佐竹は悪魔と取引していた。久我冴子は、万輝を手放す代わりに、ある条件を出してきた。

「まあ、あの子にもそろそろ飽きてきたし、関係を清算するのはやぶさかじゃないわよ。あんまり追いつめても、可哀相だしね。でもね、あなたはポリアモリーを誤解している。万輝ちゃんは偽物《にせもの》だけど、本当のポリアモリーは、一対一の恋愛じゃ絶対に得られない特別な幸福感があるの。あなたにも、少し味わってほしいな」

「彼女の代わりに、今度は僕にオモチャになれっていうわけですか？」

「どうとってもらってもかまわないけど、一度うちに遊びにいらっしゃいよ。夫のほうがポリアモリーの解説には向いてるから。ね、彼女と一緒に」

「……高月先生とですか？」

「ううん」

冴子は意味ありげに笑いながら、首を横に振った。

「あなたには、もうひとりいるでしょ？　愛しあってる人が」

佐竹は体中が震えだすのを、どうすることもできなかった。なにもかも見透かされている恐怖に、心臓が凍りつきそうだった。

冴子は知っているのだ。

佐竹が二股《ふたまた》をかけていることを……。

万輝と同時に、雪乃とも付き合っていることを……。

第六章　セカンド・ディプレッション

1

久我夫婦の住む家は、住宅地のはずれにひっそりと建っていた。赤煉瓦《れんが》の壁一面に蔦《つた》がからまった古い洋館で、洒落《しゃれ》ているが、こぢんまりしている。三十坪もないのではないだろうか。六角堂学園創設者一族の邸宅としては、いささか慎ましすぎる気がしたが、おそらくここは夫婦ふたりだけの城で、実家は呆《あき》れるような大豪邸なのだろう。

佐竹は呼び鈴を押す前に深呼吸をした。雪乃に気づかれないようにしたつもりだが、雪乃もまた、胸に手をあてて自分を落ち着かせようとしていた。

見るからに緊張していた。久我夫婦は六角堂学園のカリスマであり、一介の教員にとっては雲の上の存在である。休日に自宅を訪れるなんて、普通なら考えられないことだった。

「いらっしゃい」

久我冴子が、重厚な木製の扉を開けて迎えてくれた。夏の昼下がりなのに、黒いドレスに身を包んでいた。手首まである袖《そで》が黒いレースで、素肌をセクシャルに透かせている。足元を見て、驚いた。十センチはあろうかという黒革のハイヒールを履いていたからだ。彼女が立っているのは室内である。

「靴は脱がないで、そのままでいいからね」

建物が洋館なら、生活様式も欧米風らしい。革靴で踏みしめた床板は頑丈そうで、飴《あめ》色に磨きあげられていた。窓には赤や青のステンドグラス、階段の手すりは黒いアイアン製、年代物のチェストの上には眼を引く花器が置かれ、まるでアンティークを売りにした外国のプチホテルの様相だった。

リビングは二階にあるようで、佐竹と雪乃は、冴子に続いて階段をのぼっていった。ジャスパー・ジョーンズやバスキアを彷彿《ほうふつ》とさせる絵画が壁に掛かっていたが、佐竹に真贋《しんがん》を見極めるほどの知識はない。

採光の仕方が特殊なのか、リビングは昼なお暗いといった雰囲気だった。窓という窓が開け放たれているのに、開放感がない。久我憲司のもたらす緊張感のせいも大きかった。ひとり掛け用のソファが五つ、サークル状に配置され、憲司はその真ん中の席に座っていた。

「ようこそ」

憲司は白地に黒いストライプの入ったスーツに、臙脂《えんじ》色の太いネクタイを締めていた。足元は、白いスエードのレースアップシューズ。冴子もそうだが、ダンスパーティにでも行くような装《よそお》いである。なのに、決して派手派手しくない。リビングの雰囲気に馴染《なじ》んでいる。

不思議な空間だった。リビングの壁にもいくつも絵画が飾られていたが、華やかな絵ほど落ち着いて見え、逆に地味な絵には底光りを感じる。結果、すべてのものをこの部屋の雰囲気に溶けこませてしまう。

「どうぞ座って」

憲司にうながされ、雪乃が彼の隣に、佐竹は雪乃の隣の席に着いた。冴子は人数分の紅茶を用意してから、憲司の隣の席に腰をおろした。右から、冴子、憲司、雪乃、佐竹の順である。

「素敵なおうちですね。アーティスティックというか……」

佐竹のお世辞を、憲司は涼しい顔で無視した。紅茶の香気をひとしきり楽しんでから、静かに話を始めた。

「ここに招く人には、約束してもらうことがある。ここで話す話、あるいは行なう行為は、いかなる理由があろうとも、この家の外に出してはならない。その代わり、ここにいるときは自由に発言して、自由に行動してくれたまえ。ここで起こったことを、僕が教頭という立場から糾弾することはない」

佐竹と雪乃は黙ってうなずいた。

長い間があった。

「ふたりは付き合っているんだって?」

憲司に問われ、佐竹と雪乃は眼を見合わせた。

「いやいや、咎《とが》めるつもりはないんだ。男女の関係にはあるが、結婚にはまだ踏みきれずにいる、冴子からそう聞いているよ。結婚を躊躇《ちゅうちょ》している理由は、佐竹くんがポリアモリーに興味があるから……そういうことでいいのかな? ポリアモリーについて話が聞きたいんだよね?」

「はい。勉強させていただければと……」

佐竹はうなずいた。もちろん、最初に自宅に招待してきたのは冴子だった。しかし、いま憲司が言ったような建前にしなければ、雪乃を誘う口実がなかった。佐竹は雪乃に言った。自分はポリアモリーに興味がある。複数恋愛を実践できれば、キミの過去も許せそうな気がする……。

雪乃は動揺した。過去を水に流してもらうことは、彼女にとって悲願だった。いきり立って自宅にまでやってきたイガワという元生徒の暴走を防ぐため、雪乃は弁護士に相談していた。学校にまで乗りこまれたら目も当てられない事態になるから、賢明な判断かもしれなかった。しかし、第三者を巻きこんで黒歴史を葬《ほうむ》る作業は心身に甚《じん》大《だい》なストレスを与えるらしく、このところ疲弊しきっていた。命綱のように佐竹をつかんで離さず、用もないのに深夜に電話をしてくることがよくあった。

だからといって、ポリアモリーは容易《たやす》く受け入れられないようだった。結果的に複数の男と関係を結んでしまうことと、複数の恋愛を前提に生きるのは根本的に違うというのが、彼女の考え方だった。

ならば……ポリアモリーを実践している夫婦に意見を聞いてみようじゃないか、と佐竹は提案した。アドバイザーとして学園のカリスマ夫婦の名前を挙げると、雪乃は吹きだした。冗談はやめて、と笑った。そもそも、佐竹と久我夫婦に、個人的な付き合いがあると思っていなかったのだろう。

彼女の疑問はもっともだったが、佐竹は詳細を説明しないままここに連れてきた。嘘《うそ》だと思うなら自分の眼で確かめてみればいい、というわけだ。夫婦の自宅に招かれ、相対しているいまでも、雪乃はまだ、狐《きつね》につままれているような顔をしている。

「僕は若いころ、とても性欲が強くてね……」

憲司は、甘いマスクに含羞《がんしゅう》を浮かべながら話を始めた。

「十代のころは、それこそ手当たり次第に女を口説いてはセックスをしていた。あまりいい思い出じゃない。トラブルも頻発したからね。二十歳のときにニューヨークに留学したのは、異国で少し頭を冷やそうと思ったからだ。一九九〇年代初頭のニューヨークは、誰もが元気や自信を失《な》くしているように見えたな。八〇年代の熱狂がエイズ騒動で沈静化したあとで、実際、ロバート・メイプルソープやキース・ヘリングみたいな有名人じゃなくても、バタバタ死んでいったみたいだしね。しかし、やっぱりニューヨークは……アメリカは日本みたいな貧相な国とは底力が違ったよ。いくら打ちのめされていても、人生をエキサイティングかつスリリングに生きようという意志までは、捨てちゃいなかったんだ。性欲が強すぎてトラブルばかり起こしてしまうから、海を渡って逃げだしてくるような腰抜けは、物笑いの種だった。それでキミはどうするんだ？　屋根裏のオナニストにでもなるのかい？　なんてね。その人はソーホーで薄汚いジャズクラブを経営しているユダヤ人だったけど、こうも言ってたな。ケンジはきっと性欲が強いんじゃないよ。人間が好きなんだって。多くの人を深く愛したいっていうのが、キミの根本的な欲求じゃないのかって……」

当時を思いだしたように、憲司はまぶしげに眼を細めた。

「ポリアモリーが生まれたのは、九〇年代初頭のアメリカだと言われている。僕も留学中に接触した。まだ萌芽《ほうが》みたいなものだったが……ポリアモリーというのは造語で、ギリシア語で複数を意味する『poly』と、ラテン語で愛を意味する『amor』に由来している。やっていることは、六〇年代のヒッピームーブメントのころに盛んだった、フリーセックスやオープンマリッジに、近いと言えば近い。つまり、複数の人間を愛したいという欲望は常に、アメリカ社会に存在したわけなんだけど、九〇年代初頭にポリアモリーという名前をつけられたとき、問われるようになったのは個人の自立だ。それが、だらしのないフリーセックスとは大きく違うところだった。自立には精神的な意味もあるが、経済的な意味も重要だった。食うや食わずの人間が恋愛を夢見たりするから、おかしなことになるんだよ。一方で、自立した個人であれば、一夫一妻制から解放されていいと思う。僕と冴子はフェアな関係で、すべてをオープンにしている。その結果、恋愛やセックスを夫婦の中に閉じこめることなく楽しめてるってわけだ。不倫とか浮気とか、日本風の暗くてじめじめしたものとは一切無縁にね」

憲司の社会的立場を考えれば、衝撃の告白と言ってよかった。にもかかわらず、不快な感じはしなかった。語る態度が自信に満ちているからだろうか。あるいは、ポリアモリーに対する愛着が伝わってくるからか。

「二兎《と》を追う者は一兎をも得ずなんていうのは、タチの悪い迷信さ。二兎を得たほうがいいに決まっているじゃないか。人間がひとりの相手しか愛せない、愛しあうことができないというのも同じく迷信だと僕は思う。たとえ一穴主義の愛妻家だって、親や兄弟を愛しているだろう？　五人の子供をもつ親が、ひとりっ子の親より愛情が薄いなんてことはあり得ない。血縁がなくたって、友情のために体を張ることもあるのが人間だ。同じじゃないかね？　どうして友達はたくさんいると尊敬されるのに、恋人が複数いると軽蔑《けいべつ》されるのか、僕にはまったく理解できない。それは『愛する』という、人間の根源的な欲求を、冒瀆《ぼうとく》することになるんじゃないか……」

　人類の行く末を憂《うれ》うような表情を見せた憲司に、佐竹は問いかけたかった。おそらくそれは、ポリアモリーに初めて接した誰もが抱く疑問だった。

「嫉妬《しっと》はしないんですか？」

　雪乃が訊《たず》ねた。彼女が口を開かなければ、佐竹が訊ねていただろう。

「自分がたくさんの人を愛するのはいいとしても、パートナーも同じようにたくさんの人を愛してるとなると……わたしだったら絶対……嫉妬してしまうと思うんですけど……」

憲司は楽しげに笑いながらうなずいた。

「そうだね。その通りだ。冴子が誰かとデートするために家から出ていく。セックスだってするかもしれない。僕は嫉妬する。夫として当然だ。しかし、嫉妬はそれほど悪いことなのかな？　逆に愛情のバロメーターであるとは言えないだろうか？　嫉妬もしない女と婚姻関係を続けていようと僕は思わない。嫉妬しなくなったら、もう愛は終わっているのさ。冴子が誰かとセックスして帰ってくる。僕は嫉妬に狂いながら彼女を抱く。僕のほうが彼女を愛していることを証明するために、あらゆるやり方で……その結果、愛情はより高い次元に向かう。いいかい？　たくさんの人と愛しあえるというのが、ポリアモリーの表の看板だとすれば、嫉妬を梃子《てこ》にしてパートナーとの愛をより高めていくのが裏の看板なんだ。僕にとって、冴子はかけがえのない人生のパートナーだ。ポリアモリーの中には、複数のパートナーを平等に愛するという人たちも存在するけど、僕たちは序列をつける流派だね。いちばん大切なパートナーをプライマリー、次がセカンダリー……だから、婚姻制度とも矛盾しない。我々夫婦は誰よりも人生を謳歌《おうか》しながら、誰よりも強い絆《きずな》で結ばれている……」

2

ポリアモリーに対する憲司の口演は延々と続いた。

留学を終えて帰国し、教職の道を歩みはじめてからも定期的に渡米しては、ポリアモリーを実践するグループと交流を図っていたらしい。憲司が話すポリアモリストたちのエピソードは刺激的で、そのまま雑誌の記事にでもなりそうだったが、佐竹は別のことを考えていた。

憲司がポリアモリーを礼賛《らいさん》しているポイントはふたつある。

ひとつは、正式なパートナー以外とも恋愛やセックスを楽しめること。

もうひとつは、相手側もパートナーとは別の恋人をもつことにより、嫉妬という感情を梃子にして、パートナー同士の絆がより強まるということ。

なるほど、いちおう筋が通っているようには聞こえるが、置き去りにされていることがひとつある。セカンダリーの存在だ。万輝は憲司を愛し、冴子に憧《あこが》れていた。夫婦に寄ってたかって屈辱的なセックスを強いられても、従うことしかできないくらいに久我夫婦に心酔していた。

しかし、夫婦に飽きられれば、捨てられるしかない。憲司のプライマリーになりたいという万輝の欲望は、永遠に顧みられることがない。

問いただせば、憲司はきっとこう答えるだろう。それは、万輝に不足があるのだと。彼女が冴子を凌《しの》ぐほどいい女に成長したなら、事情は変わっていたはずだと。もちろん、そういう可能性もないとは言えないが、現実的に万輝が冴子を押しのけて、憲司のプライマリーに収まることなど不可能だろう。嫉妬を梃子に愛情を高めるなどと言っても、それは夫婦の関係の中に閉じられていて、万輝はただ、正気を失うほどの羨《せん》望《ぼう》に身を焦《こ》がすしかない。

憐《あわ》れだった。

いくらもっともらしい台詞《せりふ》を並べたところで、憲司の言説は憐れな生け贄《い》《にえ》の上に成り立っている。佐竹にはよくわかる。佐竹もまた、万輝のセカンダリーであるからだ。万輝のすべてが欲しいと願っても、叶《かな》わない。万輝の心は、憲司に奪われている。セカンダリーにとっては、ポリアモリーの理念は苦しいだけだ。浮気や不倫のように禁止がかかっていない分だけ、余計につらい。ポリアモリストであることを打ち明けている男に、世間一般的な誠意を求めても意味がない。

「藤川先生……」

憲司が声音をあらためて雪乃に言った。

「ハハッ、そういう呼び方はいささか野暮かな。雪乃さん、でよろしい？」

「……ええ、はい」

「さっきの嫉妬の話だけど、よかったらこれから実践してみませんか？」

雪乃の顔色が変わった。

「せっかく自宅まで足を運んでもらったんだ。おしゃべりだけで帰してしまうのは申し訳ない。やってみて初めて理解できるのは、あらゆる事象について言えることじゃないかな。隣の部屋に移動しないか？　僕とふたりで」

「……冗談ですよね？」

雪乃は蒼白《そうはく》になった顔をひきつらせ、助けを求めるように佐竹を見た。

「好きに……すればいい……」

震える声で、佐竹は言った。罪悪感が胸で疼《うず》いた。この展開は、あらかじめ予定されていたものだった。万輝を自由にしてもらうかわりに、雪乃を生け贄に差しだすことを、佐竹は受け入れた。もちろん、雪乃があくまで拒んだら、無理強いするわけにはいかないが……。

「わたしと教頭先生が隣に移動したら……あなたは……」

佐竹に向かって放たれた雪乃の言葉に反応したのは、冴子だった。席を立って、佐竹の隣に移動してきた。順番が右から、憲司、雪乃、佐竹、冴子となる。

「ペアをシャッフルするわけ」

冴子は楽しげに笑い、雪乃と佐竹の間に見えない線を引く。

「久我と雪乃さんは隣の部屋に、わたしと佐竹先生はここに残りましょうってこと。べつにペアを替えてセックスしましょうって言ってるんじゃないのよ。でも、セックスをしないって決まりもなし。ほんの二時間くらい、別々の部屋で過ごすだけ。それで、雪乃さんも嫉妬の効能がよくわかるようになると思う。嫉妬は愛を試して、愛を鍛えて、愛を燃えあがらせるの。素敵なことになると思うわよ」

「……ちょっとすみません」

雪乃は立ちあがり、佐竹の腕をつかんだ。うながされるままに廊下に出ると、雪乃は背中で扉を閉めた。

黙って見つめられた。ほんの十秒ほどのことだったが、佐竹には一時間にも二時間にも感じられた。

「どうしろっていうんですか？」

「言ってるだろう、好きにすればいい……」

「わたしが彼に抱かれてもいいの？」

「俺はあの人たちを信用している。社会的地位もあるし、遊び半分じゃなくて、信念をもってポリアモリーを実践している。そういう人たちと関わることが、無益なことだとは思えない。複数の人を愛したいって欲望は、僕の中にもあるから……」

「抱かれてもいいのね？」

「自由だ」

佐竹は突き放すように言った。

「僕自身、自由になりたいんだ。結婚を考えていた女に、薄汚れた過去があった。それを許せるくらい自由に……」

卑怯《ひきょう》な言い方であることはわかっていた。そう言えば、雪乃は断れなくなる。心の中で頭をさげる。土下座して、床に額をこすりつける。

こう言っては申し訳ないが、雪乃は一度くらい羽目をはずしたところで、自分を見失うことはないだろう。生徒たちに「サセ川先生」と呼ばれた彼女なら……。

だが、その一方で、万輝はこれ以上、久我夫婦に関わっていてはいけない。力ずくででも切り離さなければ、万輝は万輝らしく生きることができない。雪乃を生け贄に差しだせば、万輝が救われるのである。

心を鬼にしなければならなかった。

「……わかりました」

雪乃は声を震わせ、涙眼で睨《にら》んできた。

「そうすれば、わたしの過去は許してもらえるんですね……」

佐竹は黙ってうなずいた。屈辱をこらえている雪乃の顔は悲愴感《ひそうかん》を帯びて、いままで見たこともないくらい美しく輝いていた。その姿に佐竹は圧倒された。口を開けば、雪乃以上に声が震え、涙眼になってしまいそうだった。

3

憲司と雪乃が隣の部屋に移動していくと、にわかにリビングがガランと広くなった気がした。

「まだ明るいけど、お酒でも飲みましょうか？」

冴子が言い、佐竹はうなずいた。出されたサングリアを、ほとんど一気に飲み干した。喉《のど》に高原の風が抜けていくような爽快《そうかい》な味だったが、もっと強い酒が飲みたかった。

「なにを考えているの？」

冴子がククッと笑いながら、サングリアのおかわりを注いでくれる。彼女がつくったのだろうか。イチゴ、キウイ、オレンジ、バナナ……ガラスの瓶の中で白ワインに浸《つ》かった色とりどりのフルーツが、幻惑されそうなほど綺麗《きれい》だった。

佐竹は万輝のことを考えていた。自分はいったいなにがしたいのだろう？　万輝を自由にしたところで、彼女を自分のものにできるとは思えない。傷だらけでもがき、あがいていても、佐竹にとって万輝はやはり、仰ぎ見る高嶺《たかね》の花だった。

「あなた、万輝ちゃんに似てるところがあるわね」

意外な指摘に、眉《まゆ》をひそめる。

「自分がなにが欲しいのか、わからなくなってるっていうか……久我がさっき言ってたでしょう？　二兎を追う者は一兎をも得ずなんて迷信だって……あの人の場合はそうなのよ。二兎も三兎も本気で欲しがっているの。あなたはどう？　万輝ちゃんも、雪乃ちゃんも、両方欲しい？」

佐竹は答えられなかった。

「ふたりの女を同時に欲しがるのは、間違ってない。本気で欲しくて、本気で愛せるならね。でも、本気じゃないなら、どっちも失うだけよ。だったら最初から、ひとりでいたほうがいい。ひとりでいるのが淋《さび》しいから、誰かと一緒にいたい……そういうのは恋愛と呼んじゃいけないと思う。間に合わせで満足しちゃう人生なんて、つまらないじゃない？　みすぼらしいって言ってもいいけど」

冴子の眼には、世にいるたいていの夫婦やカップルが、みすぼらしく見えるのだろう。彼女や憲司は、生きるエネルギーが人並みはずれているのだ。無尽蔵に湧《わ》きあがるエネルギーが、底知れぬ欲望と拮抗《きっこう》している。たしかに、そういう人生はエキサイティングでスリリングに違いない。

だが、誰もがそういうふうには生きられるわけではないのではないか。たいていの人間が、ひとりのパートナーに振りまわされたり、もてあましたりしている。それが現実の男女関係ではないだろうか。

「隣、どうなってるかしらね？」

冴子が口許《くちもと》に淫靡《いんび》な笑みをもらした。

「あの人、セックスがとても上手よ。テクニックみたいのももちろんあるんだけど、なによりも相手の欲望を見抜くのが上手《うま》いの。なにをされたがってるか的確に把握して、その通りにしてあげる。誰だって、自分だけのセックスファンタジーをもってるものじゃない？　それをしっかり叶えてあげるわけ。あなた知ってる？　雪乃ちゃんのセックスファンタジー」

　少し黙っててくれ！　と佐竹は胸底で絶叫した。冴子に言われるまでもなく、隣の部屋のことが気になっていた。雪乃は万輝のように、憲司に好意を寄せているわけではない。半ば嫌々抱かれることになるだろうが、だからといって雪乃はベッドでおとなしくしているタイプではない。

　むしろ、とびきり淫蕩《いんとう》だ。心で拒んでいても、体が反応してしまう。きっと何度となくイカされるだろう。そのことに、雪乃は傷つくはずだ。佐竹だって、傷つかないわけではない。想像すると、胸が苦しい。自分の下した決断にもかかわらず、やりきれなくなる。雪乃に対する申し訳なさで目頭が熱くなってきて……。

「あなたは？」

　冴子の声に、佐竹はハッと我に返った。

「あなたのセックスファンタジーは、どういう感じ？」

　冴子の顔には、どんなファンタジーでも叶えてあげる、と書いてあった。安っぽい女に同じ台詞を言われたら、喜んで安っぽい欲望を叶えてもらっただろう。しかし、冴子はそうではなかった。万輝という高嶺の花の、さらに高いところに咲いている、まぼろしの高山植物のようなものだ。

彼女とセックスするということを、現実感を伴ってイメージできなかった。雪乃を生け贄に差しだしたのだから、自分にも冴子を抱く権利がある——そういう態度で迫ったりすれば、心の底から軽蔑されそうな気がする。

なのに、彼女は誘っている。黒いドレスに包まれた全身から濃密な牝《めす》の匂《にお》いを振りまいて、むしゃぶりついてきなさいというメッセージを送ってくる。冴子ほどの女になれば、フェロモンの分泌《ぶんぴつ》さえ意志の力でコントロールできるのかもしれなかった。先ほどまで、この部屋に四人でいたときにはほとんど感じなかったのに、いまは息苦しいほど女を感じる。

「裸になってみれば」

冴子は歌うように言った。

「どうしたらいいかわからないときは、とりあえず裸になってみることよ。心も、体も……」

「服を脱げ、ってことですか？」

佐竹の問いに、冴子は笑顔でうなずいた。佐竹はにわかに落ち着かない気分になった。ここはベッドもないリビングだった。それでも冴子は、セックスをするつもりなのか……。

「わたしは、男の服を脱がしてあげるような、愚かな女じゃないからね」

佐竹は動けなかった。いままで経験したことがない異次元の緊張感が、全身を痺《しび》れさせていた。口の中がカラカラに渇き、鼓動が激しく乱れて、ブチッ、ブチッ、と頭の血管が一本ずつ切れていくのを感じた。とてもセックスをするような気分ではなかった。セックスをせずにすませるため、とりあえずトイレを口実に中座しようとしたときだった。

隣室から声が聞こえてきた。あえぎ声だった。雪乃たちは、本当にセックスを始めてしまったらしい。

佐竹は天を仰ぎたくなった。雪乃を蟻《あり》地獄のようなところに落としておきながら、自分だけ逃げるのはさすがに男としてどうかと思った。それではあまりにも無責任だった。震える脚を押さえながら立ちあがり、服を脱ぎはじめた。

女と寝ることくらいなんでもないと、自分を鼓舞した。いまの冴子は、学園で見かけるときとは別人だった。そこにいるだけで、男の劣情を揺さぶりたててくる。なるべく見ないようにしていたのは、見ればいやらしいことしか考えられなくなりそうだったからだ。

見ればいいのだ。

見て劣情をそそられ、抱けばいい。

自分の女も隣で抱かれているのだから、遠慮する必要などどこにもない。

冴子はいったい、どんなセックスをするのだろうか？

想像しようとしただけで、痛いくらいに勃起《ぼっき》した。と同時に、全身が粟立《あわだ》った。

絶対にやめろ！　ともうひとりの自分が叫んでいた。

冴子と寝ることは、言ってみればパンドラの箱を開けるようなものだった。開ければいろいろなことがわかりそうだった。佐竹にとっては高嶺の花である万輝を、言葉のやりとりだけであれほどへこませることができる女の正体を知りたかった。ただ、知るには勇気が必要だった。知れば確実に、なにかを失うことになるだろう。

佐竹は震える手指で服を脱ぎ、ブリーフ一枚になった。前をもっこりとふくらませた姿が、我ながら滑稽《こっけい》だった。冴子は冷めた眼つきで脚を組み替えた。言葉は発しなかった。すべてを脱ぐまで、黙っているつもりらしい。

激しい眩暈《めまい》が襲いかかってきて、佐竹は立っているのがつらくなった。それでもなんとか、歯を食いしばってブリーフを脱いだ。勃起しきった男根が唸《うな》りをあげて反り返り、湿った音をたてて下腹を叩《たた》いた。

それでも冴子は黙っている。

冷めた眼つきも変わらない。

佐竹は助けを求めるように冴子を見た。全裸にはなったものの、どうしていいかわからなかった。情けない中腰の格好で、男根だけをビクビクと跳ねさせていた。冴子の視線を浴びて、男根は一秒ごとに硬くなっていった。全身の素肌が火傷《やけど》しそうなほど熱く火照《ほて》っていた。うまく呼吸ができず、気がつけばハアハアと息をはずませていた。

「よくできました」

冴子は極端に抑揚のない声でささやいた。唇はほとんど動いていないのに、黒革のハイヒールに包まれた爪先《つまさき》が軽く跳ねあがったのを、佐竹は見逃さなかった。彼女のメッセージが込められている気がした。

そんなことを考えてしまったのは、自分ひとりだけ全裸でいることが、ひどく心細く、赤ん坊のような無力感に苛《さいな》まれていたからだった。この場を支配している冴子の挙動が、気になってしかたがなかった。けれどもその一方で、正気を失いそうなほど興奮もしていて、勃起しきった男根はビクビクと跳ねながら、涎《よだれ》じみた我慢汁まで噴きこぼしている。

とにかく……。

目の前で脚を組んで座っている女に、嫌われたくない。

その感情は一瞬にして全身の細胞まで行き渡り、佐竹はパニックに陥りそうになった。嫌われたくないのに、冴子がなにも言わないからだ。唇を真一文字に引き結んだまま、なにも求めてこないからだ。

いや……。

冴子は、身も心も裸になることを求めている。先ほどそう言っていたではないか。どうすればそれが達成されるのか見当がつかなかったが、パニックから逃れるためには、なんらかの行動を起こす必要があった。

雄々しくむしゃぶりついていき、床に押し倒してもいい。手を取って立ちあがらせ、黒いドレスを紳士的に脱がせてやってもいい。

だが、佐竹がしたことは、自分でも理解できないことだった。

いったいなにをやっているのだろう――気がつけば、革の匂いが鼻先で揺らいでいた。柔らかな革の感触を唇で受けとめ、その奥にあるはずの足指を感じようとしていた。

佐竹は冴子の足元にひざまずき、黒革のハイヒールにキスをしていたのである。

「ふうん」

頭の上で、冴子が笑った。

「あなたって、そっちだったのね……」

佐竹は答えられなかった。顔をあげることさえできなかった。自分の行動に、自分がいちばん衝撃を受けていた。声も出せず、体も動かせないまま、魂だけを小刻みに震わせていた。

4

四つん這《ば》いで突きだした尻《しり》に、なにかが垂らされた。

冴子が手にしているのは、おそらくオリーブオイルの瓶だった。なぜそんなものを尻にかけてくるのか、佐竹にはわからなかった。かといって、理由を訊ねる気にもなれない。

異常な状況だった。着衣の女の足元で全裸で四つん這いになり、尻にオイルを垂らされているなんて……。

黒革のハイヒールにキスした瞬間、佐竹の思考回路は完全にショートした。割れたネオン管のようにバチバチと音をたてて火花を散らしていた。佐竹はマゾヒストではなかったし、そういう性癖に興味を示したこともない。にもかかわらず、マゾヒストじみた振る舞いをしてしまったのは、考えるのをやめたくなったからかもしれない。もっと言えば、逃れたかった。隣室から聞こえてくる雪乃のあえぎ声から逃れたかった。「あなたは本気でふたりの女を求めているの？」という問いから逃れたかった。そんなことを問いただされても、自分でもよくわからないとしか答えようがない。

しかし、正直にそう口にすれば、冴子に嫌われてしまうだろう。いまの佐竹にとって、冴子に嫌われることは恐怖そのものだった。嫌われないように咄嗟《とっさ》にとった行動が、ハイヒールへのキスだった。キスした瞬間、自分に対するおぞましさと、それとは裏腹の眼も眩《くら》むような解放感が押し寄せてきた。

自分を放棄した解放感に他ならなかった。自我の輪郭が溶けだして、昼なお暗いこの部屋の一部——たとえばサングリアの瓶が置かれたテーブルとか、壁に掛けられた絵画になってしまったような気がした。

冴子はオリーブオイルを、尻というより尻の穴に向かって垂らしてきた。ヌルヌルになった尻の穴を、指でまさぐられた。佐竹は痛いくらいに勃起していた。尻の穴への愛撫《あいぶ》なら、慣れていた。奉仕好きの雪乃の舌に、開発されたと言ってもいい。

しかし、冴子はただ愛撫してきたわけではなかった。指を入れてきた。肛門《こうもん》をむりむりとひろげながら、かなり奥まで……。

　自分を放棄していなければ、叫び声をあげていたかもしれない。痛くはなかったが、異様な感触がした。女の指だから、それほど太くはない。それでも、体の内側に異物を挿入されるという行為は初めてだったし、そこが禁断の排泄器官《はいせつ》であることと相俟《あいま》って、体の内側に鳥肌が立っていくようだった。

「あなたは本当に、万輝ちゃんによく似てる……」

　肛門に指を入れたまま、冴子が話を始めた。佐竹は四つん這いで顔を下に向けていた。彼女の曇りなく澄んだ声が、天から降り注いでくるように感じられた。

「久我とわたしはね、よくあの子を裸にして遊んでたの。綺麗なドレスを着て、スノッブな高層ホテルのバーとかで飲んだあとに、部屋に行ってからね。バーでは三人で仲良く飲んでいたのに、部屋に入った途端、難癖をつけはじめるわけよ。あなたみたいな品のない女と飲んでいるとお酒がまずくなるとかなんとか……それはまあ、わたしの役割なんだけど、服を脱いで謝りなさいってね……自分ばっかり裸にされて、笑いものにされても、あの子は絶対に泣かなかった。自分がみじめな存在であることを受け入れられないのね。もちろんわたしたちは許さない。口汚く罵《ののし》って、なんとかして泣かせてやろうとするわけ。いままでしたセックスを告白させて、それを頭ごなしに否定するとか……相手はあなたを愛してなかったとか、体目当てに遊ばれただけだとか言って……泣いて謝れば、ほら、ちょっとはやさしくしてあげられるかもしれないじゃない？　でも、あの子は決して涙を見せないで、許してくださいって全裸で土下座するわけよ。まあ、許すわけないんだけど……オナニーさせたり、オモチャで可《か》愛《わい》がったり、そう言えば、バスルームでおしっこさせたこともあったなあ……育ちが悪いから根性だけはあるのよ、あの子。自分を認めてもらおうと必死になるわけ。必死になればなるほど、蔑《さげす》まれるだけなのにね……」

　佐竹の額には脂汗《あぶらあせ》が浮かんでいた。

　指が、動いていた。

　冴子は話をしながら、肛門の内側でなにかを探っていた。おそらく前立腺《ぜんりつせん》だろう。そこを刺激されると快楽が得られるということは、知識としては知っていた。しかしもちろん、経験したことはない。ぐりんっ、と指が動く。微弱の動きでも、体の芯《しん》に響いてくるものがある。

「でもわたし、基本的にはあの子のことが嫌いじゃなかったのよ。だって、わたしたちのこと無条件で崇《あが》めているわけでしょ？　どんな理不尽なことをしても涙をこらえて耐えるでしょ？　いじめ甲斐《がい》があったのよ。でもね……みじめな状況では絶対に泣かなくて、せいぜい小さな涙の粒を落とすくらいなのに、気持ちがいいと大泣きするわけ。とびきりグラマーなボディをぶるぶる痙攣《けいれん》させながら、少女のように泣きじゃくるんだから……すごいわよもう。あなたも万輝ちゃんを抱いたことがあるなら知ってるでしょう？　あれは男の人にはたまらないみたいね。久我もとっても気に入っていて、ちょっと嫉妬しちゃったくらい。一度、久我がわたしに隠れてあの子を抱いていたことがあってね……三人で一緒に別荘に泊まりにいってるのによ。わたしがちょっと買い物に行ってる隙《すき》に、勝手にベッドで始めちゃってたの。いいのよべつに、したかったらしても。だけどそのとき、久我は四つん這いにしたあの子を後ろから突いていたのね。それもいいのよ、どんな体位で抱いたってべつに。でもね……久我はバックであの子を貫きながら、お尻の穴に指を突っこんでいたのよ。こうやって……」

「ぐぐぐっ……」

佐竹は脂汗にまみれた顔を歪《ゆが》めきった。声をこらえることができたのが奇跡に思えた。

ぐりぐりと肛門を犯していた指が、ついに急所をとらえたのだった。そこに触れられると、快感がキーンと金属的に体の内側で響く。経験したことがない種類の刺激に、佐竹は四つん這いで身をこわばらせることしかできない。

息がとまり、顔中から脂汗が噴きだした。男根は限界を超えて膨張し、いまにも内側から爆《は》ぜてしまいそうだった。先端から噴きこぼれた我慢汁が、ツツーッと糸を引いて床に垂れていた。

握ってくれ！　と胸底で絶叫した。ビクビク跳ねている男根に、刺激が欲しかった。女の細指でそっと包みこまれる感触を想像しただけで、感極まってしまいそうになった。

「それはね、久我がわたしにしかしてないやり方だったの。わたしだけのスペシャルだって思ってたのよ。男には前立腺があるから、指を入れられるだけで気持ちいいでしょう？　ねえ、気持ちいいわよね？　女には前立腺がないんだけど、前の穴にオチンチンを入れられながらだと、ものすごく気持ちいいんだな。アヌスとヴァギナは八の字の筋肉で結ばれているから、お尻の穴でぎゅっと指を食い締めると、前の穴も締まるのよ。ものすごいキツキツになるの……」

佐竹の体に異変が訪れていた。顔が燃えるように熱くなっていた。火を噴くのではないかというくらいだった。前立腺への刺激を、佐竹の体は快楽として受け入れたのだった。怖いくらいに興奮し、はちきれんばかりに硬くなった男根に、少しでも触れられたら射精してしまうだろうと思った。

しかし、気がつけばイチモツは萎《な》えていた。そこに力が入らなくなり、すべての神経は肛門の奥に集中していった。気持ちがよくないわけではなかった。むしろ、勃起していたときより快感は深く、濃くなっていた。にもかかわらずイチモツが萎えているることに、動揺しないわけにはいかなかった。全速力で走りながら、突然、ゴールテープが見えなくなった感じだった。それが萎えたままでは射精できなかった。であるならば、このすさまじい快楽の出口はどこにあるのか……。

「あの子は、四つん這いでよがりによがっていたわね。久我を独り占めできている悦《よろこ》びもあったと思うけど、髪を振り乱して号泣していた。女がその調子なら、男だって燃えるわよ。久我は滅多に見せることのない鬼の形相をして、取り憑《つ》かれたように腰を振りたてていた。あの子がイクでしょう？　ぶるぶるっ、ぶるぶるって、お尻や太《ふと》腿《もも》をいやらしいくらいに痙攣させながら、オルガスムスを嚙《か》みしめるでしょう？　でも、久我は動きをとめない。顔に浮かんだ汗を拭《ぬぐ》いもせず、一心不乱に突きつづけてるの……」

言いながら、肛門に埋めこんだ指を抜き差ししてくる。

「おおおおっ……」

佐竹はもう、声をこらえきれなかった。前立腺への刺激に翻弄《ほんろう》され、冴子の細指一本に五体を支配されていた。それでも、冴子の声はしっかり耳に届いていて、後ろから犯されている万輝の姿を思い浮かべていた。だんだん、自分が佐竹光敏なのか、高月万輝だかわからなくなってきた。

女はセックスのとき、こんな気分なのだろうかと思った。イチモツはすっかり萎えて、ちんまりした姿で力なく揺れていた。代わりに、肛門の奥が熱く燃えていた。エロティックな炎に、体の内側を焼き尽くされそうだった。

ぐりぐり、と指が動く。

ずん、ずん、と前立腺を突かれる。

眼を閉じれば、瞼《まぶた》の裏に喜悦の涙があふれてくる。眼を閉じていても、なにかが見えている。にわかに判別できないが、身震いを誘うようないやらしすぎるイメージが、すさまじい勢いで脳裏にフラッシュバックしていく。

これが万輝の見ていた光景か、と思う。

佐竹は万輝になった気分で、よがりによがった。女のような声をあげているのに、羞恥心を覚える余裕もない。自分の男根は、萎えて揺れているそれではなく、肛門に埋めこまれている異物のような気がする。自分が万輝なら、万輝を貫いてよがらせているのも、また自分だった。それは途轍《とてつ》もなく幸福なまぼろしで、酔いしれずにはいられなかった。自分と繫《つな》がりながら、万輝はこんなにも痛烈な快感を味わっているのだと陶酔した。しかし不意に、脳裏のイメージが変換された。万輝を犯している男の姿が、憲司に変わった。ということは、万輝になっている佐竹を犯しているのも憲司である。おぞましさに総毛を逆立てても、快楽からは逃れられない。怒濤《どとう》の勢いで押し寄せてくる。男の何百倍も気持ちがいいと言われている、女の恍惚《こうこつ》が……。

「いいわよ」

冴子が言った。声が冷たかった。まるで命綱を断ち切る白刃のように……。

「もうイッても」

「おおおっ……うおおおおおおーっ！」

佐竹は叫んだ。体の内側で激震が起こった。頭の中で稲妻が光り、次の瞬間、何本もの電流が体の芯を走り抜けていった。雷に打たれたようなショックがあり、けれどもそれは筆舌に尽くしがたい快楽を伴って、佐竹の体を揉《も》みくちゃにした。

イチモツが萎えたまま、佐竹はたしかにイッたのだった。

ドライ・オーガズムと呼ばれる現象らしい。

射精を伴わない男の絶頂をそう呼ぶらしいが、佐竹はもちろん、そんなことは知らなかった。

すべてはあとで教えてもらったことだ。

佐竹はそのとき、なにが起こったのかわからないまま、快楽の激震に揺さぶられていた。快楽の稲妻に打たれ、快楽の電気ショックに痺れていることしかできなかった。ドライ・オーガズムの快感に全身を支配し尽くされながら、佐竹は恐怖に泣き叫んでいた。骨抜きにされる、魂を奪われる、自分が自分でなくなり、この女の操り人形にされる——その予感は恐怖以外のなにものでもなかった。

しかし、恐怖は束の間《つかま》で過ぎ去った。

恐怖と裏腹の快感に、佐竹は正気を失い、泣き叫びながら意識まで失っていった。

第七章　エクストリーム・ラブ

1

佐竹は放心状態でタクシーの後部座席にもたれていた。

タクシーを呼んでくれたのは冴子だろう。きちんと礼を言ったかどうか、記憶は曖《あい》昧《まい》だ。どうやって服を着たのかさえ、よく覚えていない。呆然《ぼうぜん》としているうちに、隣室から憲司と雪乃が現れて、なにがなんだかわからないまま、タクシーに乗りこまされた感じだった。

すでに夜の帳《とばり》がおりていた。

住宅地を抜けて繁華街に出ると、色とりどりの光の洪水に照らされた。サイドウインドウに映った自分の顔を見て、佐竹はゾッとした。まるで幽霊のように虚《うつ》ろな眼をしていた。抜け殻、燃えかす、生命力の枯渇《こかつ》――そんな言葉ばかりが、からっぽの頭に浮かんでは消えていく。

隣には雪乃が座っていた。表情が佐竹とはまるで違う。とてもくつろいでいて、ふと見れば笑っていたりする。思いだし笑い、というやつだろう。いったいなにを思いだしているのか、考えてはいけなかった。考えれば、ますます虚ろな眼になっていきそうだ。

タクシーを降りて電車に乗り換えた。吊革《つりかわ》につかまって正面を見ると、自分と雪乃の姿が並んでガラス窓に映っていた。雪乃は笑っていた。もはや思いだし笑いではなく、頬の筋肉をだらしなく弛緩《しかん》させて、ニヤニヤ、ヘラヘラと。笑顔が似合う彼女とはいえ、普段のそれとはあまりにもかけ離れていた。いま雪乃の顔に張りついているのは、人を癒《い》やす笑顔ではなく、人を不安に陥《おとしい》れる笑顔だった。

なにがおかしいのか……。

いったいなにを思いだしているのか……。

ターミナル駅への到着がアナウンスされると、佐竹はじっとしていられなくなり、雪乃の手を取って電車を降りた。

その駅の裏手に、ラブホテル街があることは知っていた。改札を出て、早足でそちらに向かった。雪乃は黙ってついてきた。

「なにをされたんだ？」

密室でふたりきりになるなり、佐竹は訊《たず》ねた。

「久我憲司に、どうやって抱かれた？」

知れば自分が傷つくことくらい、わかりきったことだった。それでも訊《き》かずにはいられなかった。

「言えません」

雪乃は静かに答えた。ヘラヘラ笑っているくせに、口調だけは妙にクールだった。

「久我憲司に言うなと言われたのか？」

「最初に念を押されたじゃないですか。あの家で起こったことは外に出しちゃいけないって」

「それは……無関係な他人にってことだろ？　俺は他人じゃない」

雪乃は答えず、笑っている。

「セックスはしたんだろ？　したよな？　声が聞こえてきたから……」

「言えません」

きっぱりと首を横に振る雪乃を、殴ってやりたい衝動に駆られた。そうしなかったのは、体質的な問題だろう。佐竹は子供のころから喧嘩《けんか》が大の苦手で、生徒にも手をあげたことがない。ましてや女を殴ったことなど、ただの一度もありはしない。

しかし、腹がたつ。苛立《いらだ》ちが限界を超え、神経がささくれ立っていく。

久我夫婦にペアをシャッフルすることを提案されたとき、雪乃は佐竹を廊下に連れだし、悲愴感《ひそうかん》に満ちた表情で睨《にら》んできた。涙を呑《の》んでそんな変態じみた行為を受け入れたのは、ふたりの絆《きずな》を確かなものにしたいからだったはずだ。

なのに、当の佐竹に対して口をつぐむとは、どういうつもりだろう。あのときの彼女と、いま目の前にいる彼女は、まるで別人だった。悲愴感などどこにもなく、したたかでふてぶてしい。憲司とふたりきりで過ごした二、三時間の間に、いったいなにがあったというのか。

「……まあ、いいや」

佐竹はわざとらしく溜息《ためいき》をついた。

「そんなに言いたくないなら、言わなくても……」

もちろん、それは本心ではなかった。口で訊ねていても、埒《らち》があかないと思っただけだ。

佐竹は雪乃の手を取って洗面所に向かった。雪乃は白地に細かい花柄がプリントされたワンピースを着ていた。背中のホックを乱暴にはずし、ファスナーをさげた。ブラジャーの白いベルトが見えた。雪乃は白い下着しか着けない女だった。佐竹は雪乃の後ろにいる。ブラジャーのカップをめくれば、露《あら》わになった乳房が鏡に映る。

「いやっ……」

雪乃は顔をそむけた。慎ましいサイズの乳房は、彼女のコンプレックスだった。ベッドインするときも、なかなかブラジャーをはずそうとしない。洗面所の明るい照明の下で、いきなり剝《む》きだしにされるなんて、羞恥《しゅうち》を飛び越えて屈辱すら感じているに違いない。

「あの男にも見られたのか?」

雪乃は胸を隠そうとしたが、佐竹は許さなかった。手首をつかんで両手をひろげさせ、肉の薄い乳房を鏡に映しつづける。

「この貧乳を、可愛《かわい》がってもらったんだな?」

ひどいことを言っている自覚はあった。隆起が少なくても、雪乃の乳房は美しい。形が綺麗《きれい》だし、ルビーのように赤く輝く乳首はいかにも感度が高そうだ。

なにより、サイズが小さいことを気にしているところがたまらない。コンプレックスが羞《は》じらいを生み、羞じらいが男心を屹立《きつりつ》させる。だから本当は、雪乃の貧乳が決して嫌いではない。

「なんて言ってた?」

身をよじる雪乃の手首を絞りあげながら、佐竹は畳みかけた。

「この胸を見て、あの男はなんて言ってた？　清楚《せいそ》な顔立ちによく似合うとでも、褒めてくれたかい？」

雪乃が悔しげに唇を嚙《か》みしめる。

佐竹はドキリとした。その表情が、見たこともないものだったからだ。雪乃はおそらく、憲司に抱かれようとするとき、こんな表情をしたのではないか。想像にすぎないが、大きくはずれてはいないだろう。彼女にとって不本意なセックスなのだから、素肌をさらしただけで心が千々に乱れたはずだ。

なのにいまは、その表情を佐竹に見せている。いきなり明るいところでブラジャーを奪われ、貧乳と罵《ののし》られたからだけではなく、彼女の中でなにかが決定的に変わってしまっている。

2

佐竹は鏡越しに雪乃を見つめながら、乳首をいじりまわした。

かなり長い時間をかけて、赤く尖《とが》った左右の突起だけを愛撫《あいぶ》しつづけた。敏感な彼女は、性感帯を刺激されれば眼の下をねっとりと紅潮させ、ハアハアと息をはずませる。

しかしそれは、いままでの反応とどこか違っていた。セックスのとき、あざといほど愛を訴えてくるのが雪乃という女だった。尻《しり》の穴を舐《な》めまわしてくるのだって、それほどあなたを愛しているのだというアピールに他ならない。

なのにいまは、愛がどこにも見当たらない。乳首をいじれば白い喉《のど》を突きだし、身震いしながら腰をくねらせるものの、心ここにあらずの風情《ふぜい》さえ滲《にじ》ませている。

まさか……。

憲司を愛してしまったのだろうか？

なるほど、同性である佐竹の眼から見ても彼はいい男だった。冴子によれば、セックスも相当うまいらしい。とはいえ、たった一回体を重ね、二、三時間を過ごしただけだ。そもそも、雪乃は佐竹との関係を継続するために、あの男に抱かれたのではないか。

愛撫をすればするほど、佐竹は焦燥感に駆られていった。正直に言えば、万輝を救うため、雪乃を失うことになってしまうかもしれないと、どこかで覚悟していた。しかし、ここまで簡単に雪乃を奪われてしまったとなると、納得がいかない。これが本当に、泣きながら結婚をせがんできたあの雪乃なのか……。

　佐竹は雪乃のワンピースを床に落とし、ショーツも脱がせた。恥毛まで露わにした裸身を鏡越しに凝視していると、驚愕《きょうがく》が胸を打った。

　こんなに綺麗だっただろうか？

　素肌が白く、赤い乳首とのコントラストが鮮やかだ。すらりとした立ち姿が女らしく、手脚の長さはモデルのようだ。胸の隆起は控えめでも、ヒップや太腿《ふともも》にはボリュームがあり、なにより、体中から匂《にお》いたつ色香がすごい。

　抱かれたばかりだからか？

　憲司とまぐわった直後だから、これほど濃密な色香を放っているのか？

「ああっ……」

　股間《こかん》に手を伸ばしていくと、雪乃は眉根《まゆね》を寄せて声をもらした。せつなげなその表情にぞくぞくしながら、佐竹は恥毛を掻《か》き分け、女の割れ目に指を這《は》わせていく。時間をかけて乳首をいじってやったので、花びらの合わせ目はねっとりと潤《うる》み、指でひろげてやると、熱湯のような蜜《みつ》があふれてきた。

　許せなかった。自分と憲司と、いったいどこが違うというのか。出自や資産や社会的地位は、たしかに違う。だが、裸になれば同じ男だ。それほど違いがあるとは思えない。いかに学園のカリスマであろうとも、ペニスが二本生えているわけではないだろう。

なのに雪乃は変えられてしまった。たった一回のセックスで、別の女になってしまった。淫蕩《いんとう》さに変わりはないのに、違和感ばかりが胸を揺さぶる。

「ねえ……」

雪乃が首をひねり、濡《ぬ》れた瞳《ひとみ》を向けてきた。

「もう入れて……後ろからおまんこ突いて……」

佐竹は一瞬、愛撫の手をとめた。雪乃は間違っても、そんなことを言う女ではなかった。男に媚《こ》びるブリッ子だが、そうであるがゆえに、男を引かせるような言動は厳に慎んでいた。

「おまんこ……突いてほしいのか……」

唖然《あぜん》としながら視線を合わせると、雪乃は悪びれもせずうなずいた。顔も耳も首筋も生々しいピンク色に染まり、激しく息がはずんでいた。欲情の高まりだけは、嘘《うそ》ではないようだった。

「……わかった」

佐竹はうなずき、ベルトをはずした。隆々と反り返った男根を取りだすと、雪乃に尻を突きださせ、切っ先を濡れた花園にあてがった。こんなふうに彼女と繋《つな》がるのは初めてだった。フェラチオもなく、アナル舐めもなく、騎乗位以外の体位でスタートするのは……。

「あううっ！」

ずぶりっ、と切っ先を埋めこむと、雪乃の顔が歪《ゆが》んだ。鏡越しに、ぎりぎりまで細めた眼で見つめてくる顔がいやらしかった。

佐竹は小刻みに出し入れしながら、じわじわと結合を深めていった。雪乃の中は熱かった。憲司に抱かれた余韻で、性感が熾火《おきび》のように燃えているのかもしれなかった。濡れ方も十二分で、肉と肉とを馴染《なじ》ませる必要がなかった。

それでも佐竹は、浅瀬を穿《うが》つのをやめなかった。男根を半分ほど挿入した状態で、ねちっこく腰を使った。ぬちゃっ、くちゃっ、と音をたてれば、鏡に映った雪乃の顔が歪む。

「ちょっ、ちょうだいっ……奥までちょうだいっ……」

艶《つや》やかに上ずった声で訴えられても、佐竹は無視した。決して奥まで届かせず、ねちっこいピストン運動を繰り返した。すると次第に、雪乃の体はそのやり方を受け入れ、身をくねらせてよがりはじめた。

「あああっ……はぁあああああっ……」

眉根を寄せ、小鼻を赤く腫《は》らして、鏡越しに見つめてくる。見つめながら、尻を突きだしてくる。隙《すき》あらば男根を根元まで咥《くわ》えこもうとしているが、佐竹は許さない。

細い柳腰を両手でがっちりつかんで、女体をコントロールする。奥まで入れないまま、浅瀬だけ執拗《しつよう》に掻《か》き混ぜる。

「はぁうううーっ！」

ずんっ、と一度最奥《さいおう》を突きあげてやると、雪乃は眼を真ん丸に見開いた。喜悦の涙さえ流しそうだったが、天国を味わえるのは一度だけだ。佐竹は再び、浅瀬を掻き混ぜはじめた。

「意地悪しないでっ！」

雪乃はガクガクと両膝《ひざ》を震わせながら、いまにも泣きだしそうな顔で叫んだ。

「奥まで突いてっ……おまんこ奥まで突いてえっ……ガンガン突いて、めちゃくちゃにしてっ！」

それでも佐竹は、浅瀬だけを穿つ。額から汗が噴きだし、表情が険しくなっていく。汗が眼に入っても、動じることなく鏡越しに雪乃を睨みつける。

「はぁあああっ……はぁあああーっ！」

奥まで突きあげなくても、雪乃は刺激に翻弄《ほんろう》されていく。もどかしささえ、興奮の炎に注ぎこまれる油となる。細身の肢体を淫《みだ》らにくねらせ、しきりに首を振っている。両膝の震えが波紋のようにひろがっていき、体中が小刻みに痙攣《けいれん》しはじめた。

「いっ、いやっ！　いやあああっ……」

真っ赤に染まった顔をくしゃくしゃに歪めて、雪乃は切羽つまった声をあげた。

「イッ、イッちゃいそうっ……イッちゃいそうですっ……」

佐竹は冷静だった。怒りが興奮をセーブしていた。こんな生ぬるいやり方で絶頂に昇りつめそうとは、憲司に抱かれた余韻が残っているからに違いなかった。

「ねっ、ねえ、イカせてっ……最後に奥をっ……奥を突いてっ……お願いっ……いやあああっ！」

雪乃が泣きそうな顔で悲鳴をあげたのは、佐竹が男根を抜いてしまったからだった。オルガスムスを逃したやるせなさに身をよじる雪乃の上体を、佐竹は起こした。発情しきった裸身を余すことなく鏡に映しながら、可哀相《かわいそう》なくらい赤く染まった耳にささやいた。

「イカせてほしかったら、言え。あの男にどういうふうに抱かれた？」

「ううぅっ……」

雪乃は首を横に振った。

「言うんだよ」

佐竹は後ろから双乳をすくった。手のひらサイズの控えめな隆起を揉《も》みくちゃにし、左右の乳首をつまみあげた。雪乃は歯を食いしばって声をこらえた。声を出してしまえば、余計なことまでしゃべってしまうと思ったのかもしれない。無駄な抵抗だった。佐竹は左手で乳首をつまみながら、右手を股間に伸ばしていった。濡れた恥毛を掻き分けて、卑猥《ひわい》に突起したクリトリスを撫《な》で転がした。

「あああーっ！」

雪乃が白い喉を突きだしてのけぞる。つらそうな顔をしていても、裸身は指の動きに合わせてくねりだす。浅ましい姿が鏡に映っている。足踏みするふりをして、じわじわと脚を開いていき、股間をしゃくりはじめる。無意識の動きであろうが、滑稽《こっけい》なほど物欲しげな様子を、鏡がすべて映しだしている。

「ゆっ、許してっ……もう許してっ……」

雪乃の眼から大粒の涙がこぼれ落ちた。

「イッ、イカせてっ……このままっ……」

「イカせてほしかったら、言うんだよ」

佐竹は再び雪乃に尻を突きだささせると、勃起《ぼっき》しきった男根で貫いた。今度は一気に最奥まで入っていき、怒濤《どとう》の連打を打ちこんだ。パンパンッ、パンパンッ、と乾いた打擲《ちょうちゃく》音を鳴らし、奥の奥まで亀頭《きとう》を届かせた。

「はっ、はぁうううーっ！」

雪乃は獣じみた悲鳴をあげ、よがりによがった。喉から手が出そうなほど欲しかったものが、ようやく与えられたのだ。歓喜で頭の中が真っ白になっていっているのが、ありありと伝わってくる。

「いいっ！　いいっ！　イッちゃいそうっ！　すぐイッちゃいそうっ！」

佐竹は唐突に動きをとめた。

「言わないなら抜くぞ」

「ああっ、いやっ……抜かないでっ……抜かないでえええっ……」

やるせなさに声も体も震わせる雪乃は、すでに眼の焦点が合っていなかった。痛切な欲情が伝わってきた。彼女がオルガスムスのことしか考えられなくなっているのは、火を見るよりもあきらかだった。

「言うんだ。久我憲司にどうやって抱かれた？」

「だっ、抱かれてないっ！」

雪乃の口から飛びだしたのは、意外すぎる言葉だった。

「お互い服も脱がなかったし、憲司さんは指一本、わたしに触れてません……」

「嘘つけ。あえぎ声が隣の部屋まで聞こえてきたぞ」

一瞬、雪乃の眼が泳いだ。ためらいはしかし、肉欲に敗北した。

「それは……自分でしてたから……」

「……なんだって？」

「ただお話をして……お話っていうか、過去の経験をいろいろ訊かれて……わたしも話しているうちに、だんだん興奮してしまって……オナニーしてもいいんだよ、って憲司さんにささやかれて……エッチするよりマシかもしれないって、そのときは思って……わたしは服を着たまま……」

「オナニーであんなに声を出してたのか？」

雪乃は羞恥に歪みきった顔で、コクコクとうなずく。

「憲司さんはカウンセラーみたいな感じで、わたしが指を使ってる隣で、いろんなことを聞いてきたの……いまなにを思い浮かべてるんだい？　とか……わたしはなにも言えなかった……そうしたら、恥ずかしがることはない。妄想はキミの権利なんだよって……どんな不謹慎な、どんな不道徳なことを考えてたって、キミの自由だって……そうなんだ、権利なんだって思ったら……どんどんどんどん、いやらしい気持ちになっていってっ……」

佐竹は息を呑んだ。

「なにを考えてオナニーしてたんだ?」

「……あなたに抱かれてることとか」

「嘘だっ!」

佐竹は突きあげた。パンパンッ、パンパンッ、と音を鳴らし、突いて突いて突きまくった。

「はっ、はぁおおおーっ! はぁおおおおーっ!」

盛りのついた獣のようによがる雪乃を、佐竹は鬼の形相で睨んでいた。

「淫行《いんこう》だろ?」

怒りに声が裏返ってしまう。

「生徒の童貞を奪ったときのことを思いだして、オナニーしてたんだろ? なにも知らない少年に、手取り足取りセックスを教えてやったことを……」

「違うっ! 違いますっ!」

「違わないよっ!」

佐竹は叫び、限界まで腰の回転をあげていく。細い雪乃の体を吹き飛ばすような勢いで、突いて突いて突きまくる。

「認めないなら抜くぞっ……口にっ……口に出してやる」

「いやっ！　いやあああああっ……」

雪乃は泣き叫んだ。

「あっ、あなたの言う通りよっ……わたしはっ……わたしは最低な女なんですっ……人間としても、教師としても最低なっ……はぁあああああーっ！」

怒りにまかせた佐竹の連打が、雪乃をオルガスムスに追いつめた。

「イッ、イクッ……もうイクッ……イッちゃうっイッちゃうっイッちゃうっ……はぁあああああーっ！」

五体をガクガク、ぶるぶると痙攣させながら、雪乃は絶頂に達した。それでも佐竹の怒りはおさまらず、半狂乱でよがっている雪乃に連打を浴びせつづけた。

なにに対して怒っているのか、自分でもよくわからなかった。淫行を夢見て自慰に耽《ふけ》った恋人か、恋人に自慰をさせたカリスマか、あるいはそんな状況をつくってしまった自分自身か……。

わからないままに、佐竹は腰を振りつづけた。雪乃が立てつづけに二度目の絶頂に達しても、フルピッチの抜き差しをやめることができなかった。

3

二学期が始まった。

夏休みが終わって登校してくる生徒たちは、浅黒く日焼けしていたり、身長が伸びていたり、見た目の変化もあるのだが、実は内面はそれ以上に成長している。とくに男子生徒は、ひと夏でガラリと表情が変わり、大人びていることも少なくない。

そんな生徒たちとの再会は、教員にとって喜び以外のなにものでもないのだが、それを上まわるショッキングなニュースに、佐竹は言葉を失っていた。

始業式で、万輝の休職が報告されたのである。

理由は体調不良らしいけれど、額面通りには受けとれなかった。壇上には代理の音楽教師である、若い男が立っていた。背が高く容姿が整っていたので、女子生徒たちは大騒ぎだった。夏休みが始まる前まで学園のマドンナだった万輝を心配する声は、ほとんど聞こえてこなかった。冷たいものだと思った。

佐竹は最近、万輝と会っていなかった。

高層ホテルで冴子とバッティングする事件があって以来、メールをしても返信がなく、電話をしても繫がらない。佐竹が雪乃を生け贄《いにえ》に差しだしたことで、久我夫婦は万輝を解放してくれることになっていたから、別れ話にショックを受けているのだろうと思っていた。それでもまさか、休職するとまでは予想していなかった。教員を続けていく限り、この六角堂学園ほど環境に恵まれているところはないのだから……。

万輝に会いたかった。

恨まれているかもしれないが、とにかく顔を見て話がしたい。

ただし、そのためにはまず、冴子に頭をさげる必要があった。万輝の住所を訊ねるあてが、彼女くらいしか思い当たらないからだ。万輝が現在、どのような状態でいるのか教えてくれそうなのも、冴子くらいしかいない。彼女でなければ憲司ということになるが、そちらはもっとハードルが高い。

冴子とふたりきりで会うのは、気が重かった。はっきり言って、校内ですれ違っても、眼を合わせずに会釈《えしゃく》するだけにしている。

久我夫婦の家を訪ねたあと、佐竹は雪乃に対して執拗に、憲司にどうやって抱かれたのかを問いただした。ようやく白状させた内容は衝撃的だったが、佐竹と冴子が行ったことだって、負けず劣らずであったことは言うまでもない。

雪乃は服も脱がずに自慰をしたらしいけれど、佐竹は自分ひとり全裸になり、四つん這いで肛門《こうもん》までさらけだした。そうとは知らぬまま、ドライ・オーガズムに導かれた。意思の疎通《そつう》が大切な通常のセックスとは違い、ひりひりするほど敏感になった剝きだしの性感を鷲《わし》づかみにされ、無理やり絶頂に追いこまれた感じだった。まるでレイプされた女が、力ずくでイカされてしまうような……。

そんな相手と、二度とふたりきりで会いたいとは思わない。会えば間違いなく、冴子のペースに巻きこまれる。今度はなにをされるのかと想像しても、おそらくこちらの凡庸な想像力など軽々と凌駕《りょうが》する状況が用意されているだろう。好奇心より、恐怖を覚えてしまってもしかたがない。

とはいえ、万輝をこのまま放っておくわけにもいかなかった。

なるべく早く手を打たなければならないが……。

「わたし、佐竹先生にとっても感謝してます」

雪乃は妙にかしこまった顔で言った。

「ポリアモリーに導いてもらって、世界がとっても広がりました。それまではわたし、女の幸せって鳥籠《とりかご》みたいなものだと思ってたんですね。外敵から守られて、新鮮な水も餌《えさ》もある。もちろん、自分を愛《め》でてくれるご主人さまだって……でもいまは、鳥籠から飛びだして、自由に飛びまわってる感じ。見ている景色がガラッと変わって、毎日生きているのが楽しくて……」

佐竹と雪乃は、佐竹の部屋でビールを飲んでいた。開け放った窓から、初秋の風が吹いてきた。空気が乾いているのでビールは旨《うま》かったが、そろそろ陽が暮れそうなので、少し寒い。

「わたしたち、結婚できますよね？」

「えっ……」

思いもよらない言葉に、佐竹は一瞬、言葉を返せなかった。

「だって、ポリアモリーを受け入れたら過去は許してくれるって、佐竹先生、約束してくれたじゃないですか？」

たしかにした。しかし、複数恋愛に目覚めてしまったのなら、無理に結婚する必要はないのではないか。そう言うと、

「ポリアモリーだからこそ、結婚したいんです」

雪乃は瞳を輝かせて、真《ま》っ直《す》ぐに佐竹を見つめてきた。

「憲司さんと冴子さんって、本当に理想の夫婦ですよね。わたしも、ああいうふうに

なりたい。夫以外の男の人と情熱的な恋愛をしたり、刺激的なセックスをしても、最後は夫婦に戻っていく……素晴らしいと思いませんか？」

「いや、まあ……」

佐竹は口ごもるしかなかった。

「絶対、いいって思ってますよね？　わたしにはわかります」

「ハッ、なにを根拠に……」

「だって……」

雪乃は恥ずかしげに頬を赤く染めた。

「教頭先生の家に行ったあとのラブホテルで……すごかったじゃないですか？　ごめんなさい、正直に言っちゃいますけど、佐竹先生に抱かれて、あんなに気持ちよかったの初めてでした。続けざまに何度も何度もイッちゃって、体中の痙攣がとまらなくて……もう少しで失神しそうでしたから。わたし、朦朧《もうろう》とした意識の中で、考えてましたよ。ああ、これが嫉妬《しっと》の効能なんだって。愛を試して、愛を鍛えて、愛を燃えあがらせる……」

夢見るように言う雪乃から、佐竹は眼をそむけずにいられなかった。

「わたしたち、絶対いい夫婦になれますよ。結婚しましょう」

「それよりも……」

佐竹は強引に話題を変えた。

「久我憲司とは、もう寝たんだろう？　あれから、三、四回はデートしてるものな。もうオナニーだけじゃすまないはずだ」

「……聞きたいですか？」

雪乃は佐竹の顔をのぞきこみ、意味ありげな笑みを浮かべた。

「聞かせてくれよ」

「どうしようかなあ……」

雪乃はもったいぶった上目遣いで、親指の爪《つめ》を噛む。

「絶対内緒、って言ったほうが、楽しそうですよね。佐竹先生、ムキになってくれるから……ムキになって、しゃべらせようとするから。あのときの佐竹先生、すごいセクシーでしたよ。鏡の前でわたしを後ろから……」

「今日はそんな気分じゃないんだ」

佐竹はグラスに残ったビールを飲み干し、ソファに寝そべった。

「悪いけど、話したくないなら帰ってくれ」

「またそんな意地悪言ってぇ」

雪乃がクスクスと笑う。

「本当は聞きたいんでしょう？　聞きたくて聞きたくて、うずうずしてるんでしょう？　聞けば絶対、エッチしたくなりますよ。嫉妬に燃え狂って、わたしのことめちゃくちゃにしたくなりますよ……」

いつからこの女は、こんなにも人の神経を逆撫でするようになったのだろう。

最初は、そうではなかったはずだ。従順で奉仕好きで、一緒にいると癒された。打算が鼻につくブリッ子ではあったけれど、それすら笑って許せる可愛げがあったのに……。

4

誰にだって、人には言えないセックスファンタジーがあるじゃないですか？　ふふっ、憲司さんの受け売りですけどね。

言えないからこそ、その人の官能の本質であり、コアになってる。だから本当は、それを叶《かな》えるために最大限の努力をすべきなんだって、憲司さんはいつも言ってます。

もちろん、犯罪みたいなことはダメですけど、そうでないなら、つまらない常識にとらわれないほうがいいって……。

佐竹先生もご存じの通り、わたしのいちばんのお気に入りのセックスファンタジーは、童貞の男の子です。もちろん、ファンタジーだから、単なる夢、二度と現実にしてはいけないいって思ってました。でも、憲司さんに背中を押されて、もう一度、夢を叶えてみることにしたんです。

なんていうか、そうですね……映画をつくる感じ？　現実なんだけど現実じゃなくて、主演女優はわたし、みたいな……。

憲司さんが、主演男優を連れてきてくれました。六角堂の卒業生らしいですけど、わたしは知らなかった。そうそう、佐竹先生の母校に通ってるって言ってました。二十歳の大学生で女性経験なし。とっても綺麗な男の子。マサムネくんっていうんですけど、髪はさらさら、肌はすべすべ、わたしよりちょっと身長が低くて、贅肉《ぜいにく》とか全然ない少年っぽい体型をしてる……幸い、彼もわたしのことを気に入ってくれたようで、童貞を捧《ささ》げてくれることになったんです。

わたし本当は、体育会系の子が好きなんですけどね。野球部だったら外野で五番の長距離バッター、バスケなら鉄壁のセンター、サッカーだとゴールキーパーとか……でも、マサムネくんのことはひと眼で気に入りました。おどおどしているところがとってもよかった。

三人で、憲司さんの別荘に行きました。海が見える素敵なおうちで、映画の始まり始まり、です。憲司さんと決めた台本では、まずわたしがリードして、マサムネくんを童貞から卒業させてあげることになってました。憲司さんは同じ部屋で、黙ってそれを見ている。カメラはありませんが、憲司さんがいたから、わたしは本物の女優のように振る舞えました。

自分を飾る必要はないって憲司さんには言われてましたけど、体育会系の男の子みたいに、マサムネくんは突進してくることがないから、わたしがすごく頑張らないといけなかった。

セクシーなランジェリーを着けました。光沢のあるライムグリーンで、刺繍《ししゅう》がたくさんついているやつ。そんなの着けたことなかったんですけど、前の日に百貨店に行って買いました。股間の食いこみがきわどくて、Tバックのところに蝶々《ちょうちょう》の飾りがあって、我ながらすごくエッチでした。

わたしが服を脱ぐと、マサムネくん、ゴクッ、と生唾《なまつば》を呑みこみましたから。でも、やっぱりとってもナイーブでシャイなんで、すぐにうつむいちゃいましたけどね。わたしは怒ったふりをして、ちゃんと見なさいって言いました。どういう格好をしてほしいのって無理やり聞きだして、四つん這いになったり、ちょっと脚をひろげたりして……マサムネくんはベッドの上で正座していたんですけど、顔を真っ赤にしてぶるぶる震えだして……可愛かったなあ。その反応だけで、わたしはもう、濡れて濡れて……。

ショーツの上から匂いを嗅《か》がせてあげたかったくらいですけど、わたしは彼を裸にすることを我慢できなくなってしまいました。時間をかけて服を脱がせてあげました。下着姿の体を押しつけて、耳元でわざと吐息を振りまいたりしながら……全部脱がしたときは、マサムネくん、ほとんど泣きそうでしたね。

それもまた可愛かったんですけど、臑毛《すねげ》を見つけてわたしはイラッとしました。べつに毛が嫌いなわけじゃないですよ。大人の男性の体毛はセクシーだと思いますけど、マサムネくんはとっても綺麗な男の子だから、臑毛が生えていることが許せなかった。それで、わたしがねちねちいじめていると、

「いいものがある」

憲司さんが奥からなにかを持ってきてくれました。

「海外土産なんだが、うちのやつは間に合ってるようでね」

脱毛用のブラジリアンワックスでした。わたしは小躍りして喜んで、それで綺麗に

してあげました。いま思いだしても笑っちゃいますけど、マサムネくんは全裸なんですよ。真っ白いおちんちんをピンピンに勃《た》てているのに、臑からワックスを剝《は》がされて「ぎゃあ」とか悲鳴をあげるんです。わたしはもう、我慢できませんでした。仮性包茎に守られたピンク色の亀頭を舐めまわしてあげれば、もっといい声が聞けるって思ったからです。でも……。

「せっかくなんだから、全部ツルツルにしてやればいいじゃないか」

憲司さんがそう言って、わたしはハッとしました。思わず拍手しちゃったくらいです。言われてみれば、脇毛《わきげ》や陰毛も、マサムネくんには似合いません。ツルツルにしてあげました。最初はハサミで切って、それからブラジリアンワックスで……。

わたしはもう……生涯でいちばんって言ってもいいくらい、発情しきっていました。眼が、すごいんです。発情の涙で潤みきって、前がよく見えない。もちろん、ショーツの中はもっとぐっしょりです。じっとしているのがつらいほどでした。あんなにあそこが疼《うず》いて疼いてしかたがなかったことなんて、初めての体験でしたね。

わたしはマサムネくんを食べました。本当にその表現がぴったりくるくらい、全身を隈《くま》無く舐めまわして、パクッて……フェラだけでも三十分はしていたんじゃないですかね。童貞の彼はもちろん、何度もイキそうになりました。イカせませんよ、そう簡単には。射精しそうになると口を離して、それでもまだ危ないと、尿道を親指でぎゅーっと押さえましたからね。

出したい、出したい、ってマサムネくんは大粒の涙を流しながら、わたしにお願いしました。それには順序があるって、わたしはおまんこを……おまんこもお尻の穴もふやけるくらいに舐めてもらって……両脚をMの字にひろげた騎乗位で、彼の童貞を奪ったんです。

わたしは腰を使いながら、ずっとマサムネくんを睨んでました。許可なしでイッたら、朝までこのままだからねって言い渡してありました。両手両脚を縛りあげて、おちんちんをしゃぶりつづけて、でも絶対にイカせないって……。

夜叉《やしゃ》のような顔で睨みながらも、わたしの腰使いは我ながら呆《あき》れるほどいやらしかった。いくらワックスを使っても、陰毛は一回じゃ完璧《かんぺき》にツルツルになりませんから、動くたびにおまんこがチクチクして、気が遠くなりそうなほど気持ちよかった。

やがて、マサムネくんは果てました。無許可でしたが、童貞なのに十分以上もこらえたのは立派です。わたしは褒めてあげたかった。

でも、それで終わりじゃありません。

憲司さんがベッドにあがってきて、キスをしてくれました。憲司さん、キスがとっても上手なんです。息がとまるような深いキスなのに、甘く蕩《とろ》ける感じで、わたしは一秒で夜叉から女の顔になりました。

童貞好きのわたしですけど、童貞はやっぱりなんにもできないんですよ。おちんちんを元気に勃ててるだけで。だから、ファンタジーを叶えたっていう達成感はあっても、発情しきった体が置き去りにされている。

その体を、憲司さんは丁寧に丁寧に愛撫してくれました。キスが上手だから、クンニも呆れるくらい技巧派で……普通、嫌じゃないですか？　目の前で童貞を平らげた女性器にクンニするなんて……でも、憲司さんはそういうことはおくびにも出さずに、わたしの感じるところを舌先で何度も何度もなぞって……クンニだけで、イッてしまいました。恥ずかしいくらい、激しく。背中を反り返して体中をビクビクさせている わたしを見て、マサムネくんは唖然としていましたね。ドン引きしてたかもしれない。だって彼は、なんにもわかってないんですから。女が燃え狂うとどうなるか、全然……。

「ねえ、ちょうだい……おちんちん、早くちょうだい……」

わたしはあられもなく両脚をひろげた格好で、腰をくねらせながらお願いしました。ひどく冷たい、蔑《さげす》むようなマサムネくんの視線が、わたしをどんどんふしだらにしていきます。

憲司さんはわたしに、騎乗位でまたがってくるように言いました。あえて、マサムネくんの童貞を奪った体位でするように求めてきたんです。意地悪ですよね。童貞とは次元の違う、大人のセックスを見せつけようっていうんですから。

でもわたしも、騎乗位がよかった。騎乗位がいちばん、女の体を綺麗に見せてくれるじゃないですか。顔だって、あお向けになってるより、絶対綺麗に見える。

クンニで一度イカされているので、憲司さんのおちんちんを受け入れた途端、わたしは腰を使いはじめました。マサムネくんの童貞を奪ったときは、両脚をひろげておちんちんをしゃぶるように股間を上下させてましたけれど、今度は左右の太腿で憲司さんの腰をしっかり挟んで、股間をしゃくるように前後させて……リズムに乗っていやらしい声を撒《ま》き散らしているわたしを見て、マサムネくんの顔が赤くなっていくんです。触ったら火傷《やけど》しそうなぐらい。蔑むような眼つきも興奮のそれに変わって、さっき出したばかりなのに、白いおちんちんもピンピンに勃って……。

興奮したなあ。騎乗位で腰を振ってる女の動きは、いやらしいけど綺麗でしょう？だからわたしは、そのまま美しくイキたかった。マサムネくんに見せつけてあげたかった。今度はあなたが、こんなふうにイカせてって……。

でも、意地悪な憲司さんはそれを許してくれませんでした。膝を立てて、下から腰を使ってきたんです。いくら騎乗位好きのわたしでも、男の人に下から責められると、受けるしかなくなるじゃないですか。イニシアチブが憲司さんに移って、なすがままです。

わたしは泣きました。自分で腰を使っていればすぐにイケそうだったのに、受けにまわればそうはいきません。翻弄されます。ガンガン突かれると、自分で腰を使ってるよりずっと強烈な快感が頭のてっぺんまで響いてくるんですけど、イクのはちょっと遠のいて、欲望だけが風船みたいにふくらんでいくんです。自分で腰を使っているときはこれくらいの、両手で包めるくらいの風船だったのに、憲司さんに下から突かれると……緩急をつけたり角度を変えたり、やっぱりとってもうまいから、風船が自分の体より大きくなっていくんですよ。それがそのうち、見上げるくらいになっていって……。

わたしはもう、泣くしかないじゃないですか。風船が爆発したときのことを想像すると、期待と不安で号泣ですよ。

でも……わたしはいくら涙を流していても、マサムネくんの視線だけは意識していました。ようやくイカされると、わたしは憲司さんの腰の上で、壊れたオモチャみたいに暴れました。美しくもなんともない、破廉恥《はれんち》で浅ましくていっそ滑稽な姿だったと思います。でも、オルガスムスを噛みしめているときは、気持ちがよすぎてそんなことは考えられない……。

憲司さんが下から突くのをやめて、わたしはいやらしく痙攣している体を憲司さんに預けました。呼吸を整える以外のことはなにもできない時間が過ぎて、それから……眼を凝らしてマサムネくんを見ました。

やっぱり男の子なんですよね。マサムネくんは、わたしじゃなくて憲司さんを見ていたんです。綺麗なマサムネくんの顔が屈辱だけにまみれていました。悔しい、悔しい、って本当に顔に書いてあった。せっかく初体験を済ませて大人の男になったと思ったのに、自分の男としてのスペックの低さを、嫌というほど思い知らされたんですから……。

そんなマサムネくんに、わたしの胸はキュンキュンときめくんです。ぐったりしてたからできなかったですけど、本当は思いきり抱きしめてあげたかった。心配しなくても、わたしが育ててあげるって。憲司さんにも負けないくらい、立派な大人の男に……。

5

ある日の放課後、佐竹は学園の駐車場で冴子を待ち伏せした。

物陰に隠れ、冴子が愛車のベンツに乗りこんだ瞬間、助手席のドアを開けて中に入った。そんな奇襲攻撃でもしなければ、絶対に冴子のペースに巻きこまれてしまうと思ったからだ。それに、運転席と助手席なら、視線を合わせずに話ができる。

「あら」

冴子は小さく声をはずませたが、

「シートベルトしてね」

すぐに平然と言い放ち、ベンツを発車させた。佐竹の奇襲攻撃に、驚いている様子もない。

「もしかして、逢瀬《おうせ》のお誘いかしら？」

「いえ……」

佐竹は苦りきった顔で答えた。

「そういうつもりは、ありません……」

「あら、どうして？　久我は雪乃ちゃんのことをすっかり気に入ったみたいで、セカンダリーにしたいってわたしに言ってきたわよ」

それはそうだろう。雪乃はポリアモリーに適応していた。適応しすぎてると言ってもいい。もはや佐竹がついていけない領域にまで、足を踏みこんでしまっている。

「せっかくご縁があったんだから、あなたもわたしにアタックしてきなさいよ。セカンダリーにできるかどうかはわからないけどね。男なら、わたしみたいな女をひいひい言わせてみたいって、野望をもってもいいんじゃない？」

佐竹は力なく首を振ってから、訊ねた。

「高月先生の住所を教えてもらえませんか？」

「あー、そっちの用件」

冴子は溜息《ためいき》まじりに苦笑した。

「約束通り、あの子は自由にしてあげたわよ。久我が切りだした別れ話を、黙って受け入れたって。泣きもせず、取り乱しもせず……まったくどこまでも可愛《かわい》げがない女ね」

「休職っていうのは……」

「彼女が出したのは退職願。でもまあ、いちおう休職扱いにしてある」

「学校まで辞めることないと思いますが……」

「そうね。久我もそう言ったみたいだけどね。あの子、プライドだけは高いから、いられないと思ったんでしょ。久我の一存で採用されたわけだから」

「住所は……」

「事務室に行かないとわからないわよ。明日教えてあげる。でも、もう東京にはいないんじゃないかなあ」

「どこに……」

「実家じゃないかしら。なんとなくそんな気がする。じゃなきゃ、海外にひとり旅かな」

「実家の住所は……」

「事務室に行けばわかるから、そうせっつきなさんな。実家まで追いかけていって、どうするつもり?」

佐竹は答えられなかった。

「あの手のタイプに、同情とか慰めは最大のタブーよ。それが透けて見えた瞬間、キーッてヒステリー起こすから」

それは充分にわかっていた。しかし佐竹は、同情や慰めのために、万輝に会いたいわけではない。

「わたしの見立てじゃ、あなたが万輝ちゃんをものにできる可能性は、いいとこ十パーセントくらいね」

「僕は限りなくゼロに近いと思ってますよ」

お互いに苦笑した。

冴子はしばらく黙って運転していた。しかし突然、思いだしたようにポツリと言った。

「会うなら、夜に会いに行きなさい」

「えっ？　なぜ……」

「あやまちは夜にしか起こらないからよ」

冴子は歌うように言った。

「あやまちでも起きなくちゃ、あなたと万輝ちゃんはうまくいきっこないって言ってるの。でもまあ、ボタンの掛け違いが、運命の赤い糸を引き寄せることもないわけじゃないからね。せいぜい頑張りなさい」

それきり冴子は口をつぐみ、運転に集中した。

佐竹も黙っていた。万輝は夜が嫌いだと言っていた。彼女ほど、昼の顔と夜の顔がかけ離れている女を、佐竹は他に知らない。そして、万輝は自覚している。夜の自分が、あやまちばかり起こしていることを……。

あやまちか……。

失敗や判断ミスや気の迷いにすがらなくてはならないとは、いよいよもって敗色濃厚な気がするけれど、諦《あきら》める気にはなれなかった。佐竹にとって彼女は、そもそも最初から高嶺《たかね》の花なのだ。東京の片隅ですれ違い、体を重ねただけでも奇跡のようなものなのである。

国道を制限速度いっぱいで走り抜けたベンツは、やがて駅のロータリーにすべりこんでいき、停車した。

佐竹は礼を言ってベンツから降りようとしたが、

「最後にひとつだけいいですか？」

どうしても気になって訊ねた。

「嫉妬しなくなったら、どうなるんでしょう？　ご主人が他の女を抱いたという話は聞いても、なにも感じなくなったら……」

「別れるしかないでしょ」

即答した冴子の顔には、つまらない質問をするなと書いてあった。

たしかにつまらない質問だった。それくらいのことは、佐竹にだってよくわかっていた。

「ありがとうございました」

礼を言ってベンツから降りた。

一瞬、あれほど強固に見えた久我夫婦の関係が、ひどく危ういものに感じられた。嫉妬は恋愛の最高のスパイス――昔からよく言われていることだ。ならば、ポリアモリーとは、嫉妬の力を最大限に利用して関係を維持する装置ではないか。スパイスどころの話ではない。なにも手を打たなければ壊れてしまう脆弱《ぜいじゃく》な関係を、嫉妬によって強引に繫《つな》ぎとめているのでは……。

それでも、憲司や冴子は言うだろうか？　なにも手を打たなければ、四年や五年で気持ちが離れていくのが、男女における自然の摂理なのだと。それに抗《あらが》って愛を燃えあがらせて、なにが悪いと……。

改札を抜け、ホームへの階段をのぼっていった佐竹は、行き先も確かめずにやってきた電車に飛び乗った。

このまま、万輝のいる場所へ連れていってくれればいいのにと思いながら……。

終　章　グレート・ソリチュード

1

日曜日の正午過ぎ、佐竹はレンタカーで東京を出発した。

交通事情の悪い田舎で人捜しをするならクルマがあったほうがいいし、秋の行楽シーズンである。家族連れで賑《にぎ》わっている列車に乗るより、たとえ渋滞に巻きこまれても、ひとりで運転しているほうがマシだろう。

目的地は、関東と東北の境目あたりにある小さな町だ。

これと言った名勝地や名産品があるわけではなく、地名を聞いてもどういう土地かイメージできなかった。ネットで調べてもつかみどころがなく、日本中どこにでもありそうなさびれた町並みの写真が出てくるばかりだったが、そこが万輝の生まれ故郷らしい。

現住所のマンションに、万輝は不在だった。近所の人の話では、もう二週間以上姿を見ていないという。バー〈レインボー〉や、かつて彼女が男装姿でピアノを弾いていた青山の店にも足を運んでみたものの、めぼしい情報はなにもつかめず、やはり実家に身を寄せている可能性が高い気がした。

冴子には実家の電話番号も教えてもらったのだが、佐竹はあえて連絡を入れずに訪ねてみることにした。不用意に電話をして、別の場所に移動されてしまう展開は避けたかった。

それに、もし万輝が実家にいなければ、それ以上捜す手立てがない。彼女とはこれっきりになる。だからやはり、クルマで向かうのは正解な気がした。すでに玉砕を覚悟しているようだけれど、片道三時間ほどのこの旅が、ひとつの恋の区切りとなる気がしてしようがなかった。そうであるなら、誰にも邪魔されない状況で、行きも帰りも万輝との思い出を嚙《か》みしめていたい。

車内が異様に静かなハイブリッドカーで、高速道路を走り抜けた。地図を見たときはかなり遠くに感じられたのに、呆気《あっけ》ないほど簡単に辿《たど》りついてしまった。ネットの画像で見たより、殺風景で埃《ほこり》っぽい町だった。高速の出口から町に入るまでの間で目立ったのは、豊かな自然や田畑ではなく、巨大な工場群だった。

時刻は午後三時を少しまわったところ。

空は秋晴れに青く澄んで、雲ひとつ見当たらない。東京と違ってビルが少ないから、その空がひどく高く感じられる。

会うなら、夜に会いに行きなさい——冴子に言われたアドバイスを思いだし、苦笑がもれた。

あやまちは夜にしか起こらないから……。

海千山千の冴子らしい台詞《せりふ》である。半分の励ましと、半分の皮肉。しかし、実家となれば家族も一緒に住んでいるだろうし、陽が暮れてから呼び鈴を押すのは、さすがに礼を失するのではないだろうか。そう思い、明るい太陽の下をナビが指示する方向へ進んだ。

万輝の実家は市営住宅だった。

そういう予感はしていたはずなのに、衝撃を受けずにはいられなかった。エレベーターのない四階建ての建物は老朽化が進み、それが六棟ほど並んだ光景には、悪い意味で圧倒された。空は晴れているのに、その一角だけはどんよりと暗い雰囲気に覆《おお》われて、まるで海底に沈んだ軍艦の群れのようである。

佐竹は路上にクルマを停め、恐るおそる敷地内に入っていった。建物も塀もコンクリートが黒ずんで、ところどころ剝《は》がれ落ちている。そのうえスプレーの落書きが至る所にあり、民度の低さを伝えてくる。駐車場には、車高が極端に高かったり低かったりするクルマや、こんなハンドルで曲がれるのだろうかと首をかしげたくなる改造バイクが堂々と停められている。

佐竹はいたたまれなくなり、踵《きびす》を返してしまった。

誰にだって、見られたくないものはある。知られたくないことがある。

人には様々な事情があり、暮らし向きの悪さは、恥ずべきことではない。しかし、こんなところに訪ねていっても、万輝を傷つけるだけだろう。佐竹の知っている万輝は、ノーブルなタイトスーツがよく似合う、とびきりエレガントな音楽教師だった。万輝自身がそう見られることを望んでいたから、いつだって装《よそお》いや所作に隙《すき》がなかった。あの万輝の実家が、この市営住宅……。

少し気持ちを落ち着ける必要がありそうだった。

眼についた中華料理店の前で、ハイブリッドカーを停めた。朝からなにも食べていなかったし、年季の入った店構えから、万輝が子供のころに食べた店かもしれないと思ったのだ。

客のいないガランとした店内は油じみていた。不用意にテーブルに触れれば、手指が汚れてしまいそうな感じである。客席に座ってテレビを見ていた店主にラーメンを注文すると、面倒くさそうに立ちあがって厨房《ちゅうぼう》に向かった。出てきたラーメンをひと口食べて、佐竹は箸《はし》を置きたくなった。茹《ゆ》ですぎた麺《めん》に、醤油《しょうゆ》のお湯割りのようなスープ。チャーシューもネギも干《ひ》からびて、泣きたくなるくらいひどい味だった。

中華料理店を出ても、どうすればいいかわからないまま、時間だけが過ぎていった。町中をクルマで走りまわり、といってもそれほど大きい町ではないので、同じところをぐるぐるまわりながら、頭の中でも堂々巡りが続いていた。

実家に訪ねていかないで、万輝と会える方法はあるだろうか？

道ですれ違うのがいちばんいいが、車社会の田舎町ではそもそも道を歩いている人が少ない。市営住宅の近くで待ち伏せすることも考えたが、もう一度行ってみると、改造車や改造バイクの持ち主たちがたむろしていて、穏やかに人を待てる雰囲気ではなかった。

よけいな気を遣わず、会いたいなら実家の呼び鈴を押せばいいじゃないか、ともうひとりの自分が叫んでいた。言いたいことがあり、伝えるべきことがあるから、おまえはわざわざ東京から二百キロもクルマを走らせて、ここまでやってきたのではないのか。

まったくその通りだったが、ありったけの勇気を振り絞っても、あの市営住宅に入っていく気にはなれなかった。

やがて走りまわっているのにも飽きてきたので、ハイブリッドカーをコインパーキングに入れた。埃っぽい風景の中を、目的もなく歩いた。

天気がいいことだけが救いなのか、そうではないのか。いっそ稲妻が閃《ひらめ》く嵐《あらし》にでもなってくれれば、諦《あきら》めて東京に帰ることができたかもしれない。

そういえば、万輝との始まりは嵐の夜だった。

雷鳴を怖がる彼女と地下にあるワインバーで雨宿りし、嵐が過ぎ去ったと傘を持たずに店を出たら、また雨が降りはじめて……お互いびしょ濡《ぬ》れになりながら、路上で初めてキスをした。

美しい思い出だった。万輝との思い出は、例外なくすべてが美しい。彼女が美人だからではない。わけのわからないエキセントリックな行動で煙に巻かれ、なかなか尻《しっ》尾《ぽ》がつかめなかったからでもない。

欲しいものは欲しいと、震えながら叫んでいる女が万輝だった。そのために傷つくことも厭《いと》わない。久我夫婦のような人間に、馬鹿《ばか》にされても、慰みものにされても、泣きながら嫉妬《しっと》に身をよじっても、決してへこたれない。

だから、彼女の一挙手一投足は美しい。

セックスのとき、いちばんそれを感じた。こう言ってよければ、彼女のセックスは捨て身のセックスなのだ。すべてを投げだしても、たとえ命と引き替えにしても、この世に生まれてきた悦《よろこ》びを余すことなく嚙みしめようとする。

万輝の気持ちはわからないが、抱いている佐竹はたしかにそう思った。そして、捨て身のセックスは伝染する。万輝と腰を振りあっているとき、このまま体力の限界を超えて動きつづけ、息絶えてしまいたいという衝動が訪れ、戦慄《せんりつ》したことが何度もある。

もし、自分にもセックスファンタジーがあるとしたら……。

佐竹は、万輝の生まれた町を歩きまわりながら考えた。彼女と恍惚《こうこつ》を分かちあいながら息絶えていくこと以外、なにひとつ頭に浮かんでこなかった。

2

いつの間にか夜の帳《とばり》がおりていた。

あてもなく歩きまわっているうちに道に迷い、訊《たず》ねる人もいなかったから歩けば歩くほど底なし沼に嵌《は》まっていくようで、それでもスマホだけを頼りにへとへとになって知らない町を彷徨《ほうこう》しつづけ、なんとか元のコインパーキングに戻ってきたら、あたりは暗くなっていた。

無意識に、夜を待っていたのかもしれない。

夜になったところで解決策は不在のままで、途方に暮れるしかなかったが、このまま帰る気にもなれなかった。やはり、あの市営住宅に行ってみるしかなさそうだ。とはいえ、さすがに歩き疲れてしまい、休憩が必要だった。腹も減っていた。昼の中華料理店で懲《こ》りていたので、コンビニで弁当を買うことにした。

この国はどんな田舎町でもコンビニだけはすぐに見つかる。あるいは、田舎町だから他になにもないだけなのかもしれないが、五分と走らないうちに見慣れた看板を発見し、駐車場に入っていった。眼つきの悪いティーンエイジャーたちが、タイヤ止めのコンクリートブロックに座りこんで、カップ麺を食べていた。それを避けて停車させ、ドアを開けて外に出る。

ちょうどそのとき、野暮ったい臙脂《えんじ》色のジャージ上下に身を包んだ女が、コンビニから出てきた。三歳くらいの男の子の手を引いていた。

心臓がとまりそうになった。

万輝だった。

彼女らしからぬ格好をしているだけではなく、化粧っ気のない顔で、長い黒髪を無造作にひとつにまとめている。

いや、そんなことより、手を引いている子供はいったいなんなのだ。

向こうも佐竹に気づき、足をとめた。眼を見開き、視線を泳がせた。なにか言いたげに大きく息を吸いこんだが、その口から言葉が発せられることはなかった。

「ママッ！」

男の子が万輝の手を離し、コンビニから出てきた別の女に駆け寄っていく。万輝は立ちすくんだまま動かない。佐竹もまた、彼女を鏡で映しているように、立ちすくんだまま動けなかった。


「焦《あせ》ったよ。実は子持ちだったのかって……」

佐竹はドリンクバーから運んできた烏龍茶《ウーロンちゃ》を、半分ほど一気に飲み干した。

「お姉ちゃんの子ですから……」

万輝は憮然《ぶぜん》として言うと、口許《くちもと》だけで皮肉っぽく笑った。

「できちゃった婚であの子を産んだはいいけど、男がすぐに働かなくなってね。おまけに、お酒とギャンブルで借金つくる、文句を言ったら殴られるっていう、この町の定番フルコースをしっかり平らげちゃって、いま実家に逃げてきてるの。とってもやさしい人なんだけど、はっきり言って馬鹿」

ふたりがいるのは、ロードサイドのファミリーレストランだった。佐竹が万輝の知りあいだとわかると、彼女の姉が気を遣ってくれ、お茶でも飲んできなさいと送りだしてくれたのだった。万輝は断るのも面倒くさいという感じで、姉の言葉に従った。思春期の少女のように、ふて腐れた顔をしていたが……。

「最悪でしょ、この町……」

万輝は声をひそめて言い、視線だけを動かして店内を見渡した。

「馬鹿の予備軍が、あっちにもこっちにも……」

「そういうこと言うなよ」

佐竹は困惑顔で制した。店内はひどく賑やかだった。客に不良少年と不良少女が多いからだ。彼らは総じて声が大きい。自己顕示欲が過剰すぎる風貌《ふうぼう》同様、しゃべり方が乱暴で、いかにも頭が悪そうだ。

馬鹿の予備軍、なのだろうか？

かつて地域随一の「荒れた学校」で教鞭《きょうべん》を執っていた佐竹は、不良やヤンキーの救いのなさを知っている。しかし、グレてしまったのは彼らだけの責任ではない。だらしない生活習慣も、世の中を見くびった態度も、すべての元凶である貧困も、遺伝するのだ。問題児の親がモンスターペアレントであった事例は枚挙に暇《いとま》がなく、そういう現実を受け入れるのは、青くさい志をもって教職の道に就いたばかりの佐竹には、かなりきつい作業だった。

「それは？」

臙脂色のジャージを指差すと、万輝は気まずげに眼をそむけた。

「……目立ちたくなくて」

郷に入りては郷に従え、ということらしい。

「これ、中学のときのなんですけどね……」

万輝はジャージの襟をつまみ、荒《すさ》んだ笑みを浮かべた。

「まだあったのかって感心しちゃった。在学中は、数えきれないくらい隠されたり、捨てられたりしてたのにね。いまだにうちの箪笥《たんす》に収まってるんだから、根性あるわよ、このジャージ」

「いじめられっ子だったのかい？」

「見たらわかるでしょ？　こんなところにわたしみたいのがいたら、いじめられるに決まってるじゃないですか」

わたしみたいな、というのは、美人で成績優秀でピアノもうまい、ということだろう。そのうえ、まわりを見下してお高くとまっていれば、なるほど、いじめのターゲットにうってつけかもしれない。

「なにしに来たんですか?」

万輝が声音をあらためて訊ねてきた。

「まさか学校に戻れなんて言いませんよね? 言われても、戻るつもりはありませんけど」

「恋人に会いにきただけさ」

佐竹は静かに返した。

「セカンダリーでも、恋人は恋人だろ? 俺たちはまだ、別れ話をしていない」

「わざわざ別れ話をしに来たわけですか? ご苦労さま」

「俺は別れたくない」

「続けられるわけないでしょ」

「なぜ?」

「黙っていなくなったのは、事情を説明する必要がないからです。だって、佐竹先生、全部知ってるじゃないですか」

「どうして知ってたら別れなくちゃならない？」

佐竹は低く声を絞った。

「俺は、こう思うんだ。ポリアモリーに適応できる人間っていうのは、ある意味、完全な人間だって……万能と言ってもいい。結婚もする、外で恋もする、だが家庭も大事にしている……理想じゃないか。理想を追求したいって気持ちが、こんな俺にだってないわけじゃない。久我夫婦の十分の一でも逞《たくま》しく生きられれば、どんなに人生が楽しいだろうって……でも、気づいてしまったんだ。俺は……俺自身は、とても不完全な人間だって……万能なんて夢のまた夢で、ポリアモリーには適応できない……キミもそうなんじゃないか？」

万輝はむっつりと押し黙っていた。重苦しい沈黙は、彼女がアイスティーを飲み干すまで長々と続いた。

「海外に……」

万輝はストローで氷をもてあそびながら、ボソッと言った。

「落ち着いたら、アメリカにでも行こうと思ってます。どうせ夜のお店でピアノを弾くくらいしかできないなら、本場で腕を磨いてこようって」

「そうやって……」

佐竹は力なく首を振った。

「表層だけを変えてみたところで、本質はなにも変わらないよ。キミのコスプレには何度も驚かされたけど、裸になれば一緒だった」

「本質ってなんですか？」

万輝は噛みつきそうな顔で睨《にら》んできた。

「もしかして、育ちが悪いってこと？　爪《つめ》が割れるまで練習しても、結局はピアノじゃ成功できなかったし、教師にもなりきれなかった半端《はんぱ》者ってこと？」

佐竹は言葉を返せなかった。

「それとも、変態夫婦のオモチャにされて、泣いて悦んでたってこと？　学校じゃツンケンしてても、実はやりまんで3Pなんかも平気でしちゃうってこと？　あー、そうか、わかった。佐竹先生が言いたいのは、あれね。エッチがしたくなったら、同僚でも見境なくラブホに連れこんで、あんあんよがっちゃう……淫乱《いんらん》って言いたいわけね？」

「よせよ」

佐竹はたしなめた。感情的になった万輝の声は次第に大きくなっていき、まわりの不良たちが眉《まゆ》をひそめてこちらを見ていた。

「じゃあ、教えてください。わたしの本質ってなんですか？　ちやほやされることに慣れちゃった、鼻持ちならない美人気取り？　それとも、プライドばっかり高くって、みんなに嫌われてる困ったちゃん？　ねえ、教えてください。わたしの本質って……わたしの本質ってなんですかっ！」

バンッ、とテーブルを叩《たた》いて、万輝は立ちあがった。いつの間にか、賑やかだった店内が、水を打ったように静まり返っていた。

3

窓のない密室で、佐竹はソファにぐったりもたれていた。

ラブホテルの部屋だった。

隣には万輝がいる。

「せっかく遠いところまで来てくれたんだから、最後にお別れのセックスでもしますか？」

クルマの中で万輝が言い、佐竹はうなずいた。この町の国道沿いには、派手な看板のラブホテルが林立していた。ハンドルを切り、性交のために提供されている個室に入ってみたものの、ソファに腰をおろすと動けなくなった。心も体も、コンクリートに塗り固められたように重かった。

万輝も動かない。並んで座ったまま、お互いにもう、三十分以上も黙ってソファにもたれているばかりだった。

佐竹はまだ、彼女に言うべきことを言っていなかった。

難しい台詞ではない。

愛してる——ただそれだけのことが、どうしても言えない。

万輝は苦しんでいる。

答えの出ない問いだけを抱えて、ひとりでのたうちまわっている。彼女の苦悶《くもん》など、見方によっては単なる甘えだ。世の中には、万輝より恵まれていない人間なんて数えきれないほど存在する。

しかし、佐竹には彼女にかける言葉が見つからない。

美人なんだからいいじゃないか、ピアノがうまいからいいじゃないか、学園のマドンナだからいいじゃないか、教員を辞めなければ安定した収入が得られるじゃないか……そんなことを言ったところで、万輝は救われない。

実家が裕福でなかったことを嘆くより、そうであるにもかかわらず、立派に音大を卒業した自分を褒めてやったほうがいい……そういう励ましが届かないところで、彼女は孤独に打ち震えている。

愛してると伝えれば、さらに万輝は悶《もだ》え苦しむだろう。

キミと一緒にいると、いつだって美しい景色の中にいる気分になれる……。それは掛け値なしの本心だったが、真顔で言えば言うほど、どうして好きなんて言えるのか？　と万輝は牙《きば》を剝《む》くに違いない。わたしはわたしのことが、こんなにも嫌いなのに……。

さすがに疲れてしまった。万輝のような女を愛するということは、救ってやれない徒労感を背負いこむことに他ならないのだ。

「セックスしないんですか？」

ボソッと万輝が言い、

「どっちでもいいよ……」

佐竹は投げやりに答えた。

「やっぱり……」

万輝が力なく笑う。

「中坊ジャージなんか着てたら、欲情しない？」

佐竹は黙っていた。

「わたし、佐竹先生としたセックス、けっこうよかったですよ」

「……そうか」

「嘘《うそ》じゃないのに」

万輝はそっぽを向いたまま、指と指をからめてきた。

佐竹の心は千々に乱れていくばかりだった。佐竹もちょうど、万輝とのセックスを思いだしていたところだった。服を着たままシャワーに打たれて繋《つな》がった最初のラブアフェア、深夜のバーで男装姿の彼女を抱いた二度目の情交、薄汚れたラブホテルを巡って言葉もなくまぐわいつづけた日々、東京を眼下に望む高層ホテルでシャンパンとケーキの乱痴気騒ぎ……。

思いだすと、胸が苦しくてしようがなかった。万輝としては、けっこうよかっただけなのだろうか？　積み重ねてきた思い出は、ふたりの関係を繋ぎとめるサムシングにならないのか？

ならば、経験とはいったいなんだろうと思う。成功も失敗も、人を成長させるからこそ意味がある。美しい思い出は、それを一緒に分かちあえる相手がいてこそ輝きを増す。

「ねえ……」

万輝が強く手を握ってきた。彼女の手はひんやりと冷たかった。

「セックスしようよ」

佐竹は万輝を見た。化粧っ気がない顔はいつもより幼げで、そのぶん、感情が生々しく伝わってきた。彼女は欲情しているわけではなかった。けれども、切実に肉の悦びを求めていた。

刹那《せつな》の時間でいいから、忘れてしまいたいのだろう。快楽の力で、自分を苦しめているものから自由になりたいのだ。感じやすい彼女は、愛撫《あいぶ》されれば両脚の間を濡らす。頭を真っ白にしてあえぐことができる。

それは逃げだ、と思う。そういう現実逃避に慣れてしまうと、行き着く先は依存症以外にない。

たとえば、久我夫婦が求めているセックスには、百花繚乱《ひゃっかりょうらん》の豊穣《ほうじょう》さがあった。アンモラルだし、関わる人間を踏み台にしている点は褒められたものではないけれど、彼ら自身が人生をスリリングかつエキサイティングに謳歌《おうか》していることは間違いない。

一方で、万輝がいま必要としているセックスは、どこまでもせつない。絶望から逃れるため、麻薬に手を出すのと一緒だ。結局は、自分を傷つける。オルガスムスを嚙みしめたところで、事後に待っているのは虚《むな》しさだけ……。

「俺は決めた……」

佐竹は唸《うな》るように言った。

「愛しあっていない女とは、金輪際セックスしない」

「ふっ……だったらどうしてラブホに入ったんですか？」

鼻で笑った万輝を、佐竹は睨んだ。

「いま決めたんだ」

「……そう」

万輝は長い溜息《ためいき》をつくように言うと、握りしめていた佐竹の手を離した。

「じゃあ、お別れのエッチはなしね。まあ、いいけど……」

立ちあがってふらふらとベッドに近づいていき、身を投げだすようにして倒れこんだ。

佐竹は天を仰ぎたくなった。

なぜそうまで頑《かたく》なに、万輝は茨《いばら》の道を歩もうとするのだろう？

ものは試しでかまわないから、愛しあってみればいいではないか。現実逃避では体を重ねられても、心を近づける努力はできないのか。愛を口にした瞬間、そっぽを向いて逃げだしていくだけではなにも解決しない。

あるいは……。

頑なのは、佐竹のほうなのかもしれなかった。ひとつの恋の終わりを拒んで子供じみた駄々をこね、前にも後ろにも進めなくなっている……。

4

重苦しい沈黙だけに支配された部屋に、電話の着信音が鳴り響いた。

佐竹のスマートフォンだった。

液晶画面に表示されている名前は「三鷹明彦」――六角堂学園の同僚であるが、プライヴェートで付き合いがあるわけではない。時刻はすでに午後九時に近い。休日のこんな時間に電話をかけてくるなんて、どういうつもりだろう?

無視してもよかったが、胸騒ぎがして通話ボタンを押した。

「もしもし……」

「ニュースはもう確認済みか?」

三鷹の声はひどくこわばっていた。

「いったいなんです？」

佐竹が苦笑すると、

「いますぐテレビをつけてみろ！」

三鷹は叫ぶように言った。

「教頭が殺されたんだ！」

「えっ……」

「犯人は大学生らしいが、詳細はわからない。しかも、現場には藤川先生もいたんだと……雪乃先生も……」

佐竹はあわててリモコンをつかみ、テレビをつけた。地上波のチャンネルは、どこも同じニュースをやっていた。

「東京都中央区のホテルで男性が殴打《おうだ》された事件で、病院に搬送された久我憲司さんが出血多量で死亡しました。久我さんは今日午後六時ごろ、ホテルの客室で顔見知りの大学生に花器で頭部を殴打され、意識不明の重体になっていました。警察は、現場にいた大学生、正宗悠真《まさむねゆうま》容疑者を現行犯逮捕。警察の調べに対し正宗容疑者は、『殴ったことは間違いない』と容疑を認めています。警察は、久我さんと同じ部屋に宿泊していた女性にも詳しい状況を確認し、捜査を進める方針で……」

画面に正宗悠真の写真が出ている。年は二十歳。紅顔の美少年と言っていい。続いて、憲司の写真が現れる。こちらもまたナルシスティックにいい男ぶりを誇示するような写真で、まがまがしい殺人事件の加害者と被害者にはとても見えない。

「なんなの……」

万輝がベッドから起きだし、ふらついた足取りでテレビに近づいていった。

「殺されたって……どうして……」

「もしもし！　もしもし！」

スマートフォンから三鷹が叫ぶ声が聞こえてきたので、

「テレビ、見てます……」

佐竹はあらためて電話に出た。

「これはどう見たって情痴殺人だよ。まさか、藤川先生が教頭と付き合っているとは思わなかったが……」

「一緒にいたのが藤川先生だって、どうしてわかったんです？」

「第一報の映像には映っていたらしい。救急車に運びこまれる教頭を見て半狂乱になっていたっていうから、取材陣も女房と勘違いしたんだろう」

佐竹は言葉を返せなかった。

「まさかだよな？　まさかのまさかだよ。しかも大学生まで現場にいたって……いったいどういうことなんだ？　キミは関係ないんだろうね？」

「……あるわけないじゃないですか」

「ならいいが……こりゃあちょっとシャレにならんぞ。教頭は既婚者だから、藤川先生とホテルに泊まっていたとなれば不倫になる。しかも、教頭の奥方は我が校の広告塔だ。とんでもないスキャンダルだよ……」

「すいません。いったん切ります」

佐竹は通話ボタンをオフにして、万輝に近づいていった。テレビの前で立ち尽くした背中が震えだし、いまにも卒倒してしまいそうだったからだ。支えるように後ろから双肩《そうけん》をつかむと、見た目以上に激しく震えていた。佐竹自身の手も震えていたからだが、そうとわかるまで時間がかかった。

「まさか……正宗くんが……」

「知ってるのか？」

「教え子だもの……」

六角堂の卒業生らしいが、雪乃は知らなかったと言っていた。不自然ではなかった。

選択教科で家庭科をとる男子生徒は多くない。音楽を選択していたのだ。

「ギターがうまくて……憲司さんを崇拝してるところがあって……」

万輝の震えが激しくなる。

「どうして……こんなことに……」

「きっと……キミの身代わり……のようなものだ……」

「どういう意味？」

「彼は、久我夫婦の新しいオモチャだったんだ……」

佐竹は、憲司と雪乃、そして正宗という大学生を巡る状況を、かいつまんで説明した。

「おそらく……正宗って子は、我慢できなくなったんだ。久我憲司と藤川先生に、寄ってたかって性のオモチャにされて……」

そういったプライヴェートまで事細かにマスコミに暴《あば》かれれば、三鷹が想像しているよりもずっと、破壊力のある醜聞になるだろう。

不倫、殺人、被害者はお上品で鳴らした有名進学校の次期理事長で、不倫相手もまた同校の教師——暇人が小躍りして喜びそうなトピックが揃《そろ》っている。

しかも、久我憲司は単なる被害者ではない。法の裁きの対象にはならないかもしれないが、恋愛やセックスについて、常識外の考えをもち、それを実践していた。いまの世間がポリアモリーを受け入れるとは思えない。複数恋愛だけでも徹底的に糾弾されるだろうし、アブノーマルな3Pまで行なっていたとなれば、変態性欲者として蛇《だ》蝎《かつ》のごとく嫌われることは想像に難くない。

テレビの画面が、続けざまに閃光《せんこう》を発した。

警察署の前で、冴子が囲みの取材に答えていた。

「事実関係を確認しなければ、なんともお答えしようがありません……」

ブルーグレイのパンツスーツに身を包んだ冴子に、無数のフラッシュが浴びせられる。カメラの群れがシャッター音の咆哮《ほうこう》を放ちながら稲妻のように襲いかかって、蒼《そう》白《はく》な顔を浮かびあがらせる。

「ご主人と同泊していた女性は、不倫の関係なんじゃないですか?」

レポーターが舌鋒《ぜっぽう》鋭く質問をした。

「容疑者の大学生とその女性にも恋愛関係があり、恨みを買ったご主人が殺害されたのでは?」

冴子がレポーターを睨みつける。沈黙の中、表情だけが険しくなっていく。冴子の次の言葉を待って、誰もが固唾《かたず》を呑《の》んで見守っている。

「夫はきっと……彼女のことを本気で愛していたんです」

フラッシュがいっせいに焚《た》かれた。

「夫は既婚者です。だからといって、愛することのなにがいけないのでしょう？　たとえわたしが妻という立場にあっても、夫が人を愛する権利まで奪うことなんてできない……」

冴子は気丈に答えていたが、いつもの気品あふれる美貌がここまで余裕を失い、痛々しくこわばっているのを見たのは、彼女を知る人間にとって初めてのことだったに違いない。

テレビを消して、ベッドに横になった。

佐竹も万輝も、お互いの体にしがみついていた。テレビの音がなくなったことで、ラブホテルの部屋に漂っている淫靡《いんび》な空気は凍りついたように固まり、ミシミシと音をたてて震えていた。ふたりの体が、震えつづけているからだった。佐竹は万輝が泣きだすのではないかと思った。しかし、涙は見せなかったし、嗚咽《おえつ》ももらしていなかった。

正宗という大学生は……。泣きたくても泣けない様子が、かえって苦しそうだ。

本当に万輝の身代わりだったのだろうか？

自分で言っておきながら、そうではないような気がしてきた。

むしろ、佐竹の身代わりなのかもしれない。佐竹は憲司に殺意を抱いたことはないが、それはあらゆる意味で敵《かな》わないと兜《かぶと》を脱いでいたからだ。

しかし、「憲司と雪乃と自分」、あるいは「憲司と冴子と自分」という関係性の中で、佐竹が担《にな》う役割があるとすれば、正宗の役割だった。そのうち、プライドをズタズタにされるような状況にも直面したかもしれない。ポリアモリストの万能感に自我を押しつぶされ、おのれの矮小《わいしょう》さに耐えられなくなって、破壊衝動に駆られる事態だって考えられないことではない。

つまり……。

正宗は自分の身代わりになって、憲司を殺したのだ。雪乃の前で、花器を振りあげ、憲司の脳天に……。

「佐竹先生……」

万輝が体を反転させ、こちらを向いた。厳冬の満月のような冴《さ》えざえとした哀《かな》しみをその顔にたたえ、声を震わせた。

「ありがとう……助けてくれて……」

なにを言っているのかわからなかった。

「もし佐竹先生が、強引に憲司さんから切り離してくれなかったら……わたしが……わたしがいまごろ、憲司さんを殺していたかも……」

佐竹は万輝を抱きしめた。愛と憎しみはコインの裏表だから、殺意を抱くほど憲司を深く愛していたということかもしれない。しかし、たとえそうであったとしても、佐竹は目頭が熱くなるのをどうすることもできなかった。

万輝が自分と同じことを考えてくれていたことが、涙が出そうなほど嬉《うれ》しかった。

5

腕の中で、万輝がもじもじと身を揺すっていた。

言葉にされなくても、彼女がセックスをしたがっていることはわかった。それもまた、単なる欲情ではなく、逃避のためだろう。快楽に溺《おぼ》れる一瞬だけでいいから、なにもかもを忘れてしまいたいのだ。

それが依存症への一里塚であったとしても、今度ばかりは拒むことができそうになかった。この耐えがたい現実から逃れることができるなら、セックスでもなんでもしたほうがいいに決まっている。

いや……。

万輝だけを悪者にするのはフェアではない。佐竹もまた、愛の不在を嘆くことに疲れ果て、愛の存在そのものを忘れてしまいたかった。

臙脂色のジャージを脱がすと、白いTシャツが悩ましいばかりに隆起していた。撫《な》でまわし、揉《も》みしだいた。唇を重ねれば、佐竹は混乱せずにはいられない。万輝とのキスは、いつだってうっとりするほど甘い味がする。言葉を放てば辛辣《しんらつ》で生意気で頑なな口なのに、キスをするとなぜこんなにも甘いのか。

「うんんっ……うんんっ……」

舌をしゃぶりあいながら、服を脱がせあった。取り憑《つ》かれたように、お互いの素肌をまさぐった。佐竹が乳房を揉めば、万輝は首筋にキスをしてきた。万輝が乳首を吸ってくると、佐竹は彼女の丸い尻《しり》を撫でまわした。

訃報《ふほう》に接した直後、セックスをするなんて不謹慎なのかもしれない。だが、不謹慎きわまりないこの行為を、佐竹は憲司に捧《ささ》げたかった。彼こそは不謹慎の王だった。不謹慎を梃子《てこ》に、恋と命を燃えあがらせた。たとえ王国が崩壊しても、その生き様は善悪を超えて、佐竹の中に存在しそうだった。快楽主義に殉じた異教徒として……。

「舐《な》めていい？」

万輝が股間《こかん》に顔を近づけてきたが、

「一緒にしよう」

佐竹は横向きのシックスナインにうながした。万輝の両脚をひろげると、懐《なつ》かしい光景が眼に飛びこんできた。繊毛一本見当たらない、真っ白い股間だった。剝きだしの性器が一瞬、傷に見えた。夜を嫌う彼女が、夜に重ねたあやまちの、証左としての傷である。

しかし、地肌の乳白色がピンク色に溶けこんでいく繊細なグラデーションが、こんなにも美しい。舌を這《は》わせて味わえば、こんなにも愛《いと》おしい。

傷のように見える彼女の割れ目も丁寧に舐めてやれば潤《うる》んでいき、やがて雪解けの季節が到来したように花びらがほころぶ。恥ずかしげに顔をのぞかせた薄桃色の粘膜は、清らかでありながら獣じみた匂《にお》いを放つ蜜《みつ》をたっぷりとたたえてつやつやと濡れ光り、女体の発情を伝えてくる。さらに舐めれば、涙の結晶のようなクリトリスが姿を現す。舌先でそっと転がすと、万輝は身震いして声をあげた。忘我の境地は、もうすぐそこだ。

「むうぅっ……」

男根をしたたかにしゃぶりあげられ、佐竹はうめいた。せつなげに眉根を寄せた万輝は、いつになく情熱的に舌と唇を使ってきた。女の割れ目が傷ならば、男根はいったいなにを象徴しているのだろう？　傷を深める凶器なのか、それとも傷を塞《ふさ》ごうとする過剰な愛か……。

もちろん、そんなことを考えていられたのは束《つか》の間《ま》のことだった。

舐めて舐められるオーラルセックスの愉悦に、身をよじらずにいられなくなった。フェラチオ、あるいはクンニリングスの単独愛撫よりも、シックスナインはゆっくりと高まっていく。斜面をジグザクに進んでいく登山に似て、男が感じる時間と女が感じる時間が交互に訪れるからだ。それでもきっぱり口を離してしまうわけではないので、命綱のロープで結ばれたようにふたりは繋がっている。相手の興奮が生々しく伝わってくる。もっとしっかりひとつになりたいという、耐えがたい欲望がこみあげてくる。

佐竹はシックスナインの体勢を崩し、万輝の両脚の間に腰をすべりこませていった。お互いの匂いのする唇を重ね、舌をからめあった。昂《たか》ぶる呼吸をぶつけあいながら、見つめあった。

万輝の瞳《ひとみ》には自分の顔が、自分の瞳には万輝の顔が映っているはずだった。その単純な事実に、歓喜の身震いがこみあげてくる。佐竹は息を呑《の》み、腰を前に送りだした。勃起《ぼっき》しきった男根を、彼女の中に埋めこんでいった。よく濡れた肉ひだを掻《か》き分けて、ずぶずぶと奥に……。

「ああーっ！」

最奥《さいおう》まで貫かれた衝撃に、万輝が眼を見開く。吸いこまれそうな漆黒に澄んだ瞳が、男根の抜き差しによってねっとりと潤んでいく。長い睫毛《まつげ》を震わせ、ハアハアと息をはずませる。

可愛《かわい》かった。

普段の態度が嘘のように、セックスのときだけはたまらなく可愛くなるのが、万輝という女だった。だから敵わない。魅せられずにはいられない。

佐竹はあらためて唇を重ね、舌をしゃぶりたてた。そうしつつ、腰使いに熱をこめる。ずちゅっ、ぐちゅっ、と肉ずれ音をたてて、一打一打を味わいながらピッチをあげていく。

万輝がしがみついてきたので、佐竹も抱擁に力をこめた。お互いの体をこれ以上密着できないところまで密着させ、唾液《だえき》を啜《すす》りあった。佐竹の連打を受けとめるように、万輝も腰を使いはじめる。初めはぎこちなかったが、次第に呼吸があっていき、同じ曲を演奏しているようにリズムが重なっていく。そうなると、ふたりの腰使いは淫《みだ》らなほどに熱を帯び、快楽はどこまでも深まっていくばかりだ。

「あぁっ、いいっ！」

万輝が眼を細めて見つめてくる。瞳は潤みきって、眼尻から涙がしたたる。それが合図であったかのように、顔全体が生々しいピンク色に染まっていき、くしゃくしゃに歪《ゆが》んでいく。

その顔もまた、ふるいつきたくなるほど可愛かった。だが、そうである一方で、手を伸ばしても届かないことを思い知らされる。淫らにあえぎながらも、万輝は高嶺《たかね》の花であることをやめない。手の届かないところで、潔《いさぎよ》く花びらを散らす。あられもなく乱れて、捨て身の凄《すご》みを見せつけてくる。

「あああーっ！　はぁあああああーっ！」

フルピッチで連打を送りこむと、万輝はのけぞって本格的に涙を流しはじめた。もっと泣けばいい、と佐竹はむさぼるように腰を使った。普段は涙をこらえているのだから、セックスのときくらい手放しで泣きじゃくればいい。喜悦の涙は、決して自分をみじめにしない。泣きながら、女に生まれてきた悦びを噛《か》みしめればいい。

もっと泣け。

我慢せずに泣き叫べ。

邪魔者はもうどこにもいない。

俺のために泣いてくれ。

泣き声を聞かせてくれ。

鼻息を荒げてピストン運動を送りこむ佐竹の脳裏には、万輝の姿がフラッシュバックしていた。タイトスーツで学園を闊歩《かっぽ》するマドンナ教師、タキシードでピアノを弾く男装の麗人。バンドギャルのような格好をしていたこともあれば、原宿を歩いている少女のようなときもあった。すべて万輝だった。いま息のかかる距離で、泣きながらよがっている彼女だった。

もっと見たかった。佐竹は上体を起こし、万輝の両膝《ひざ》をつかんだ。M字開脚に押さえこんでいきながら、勃起しきった男根を抜き差しした。万輝はパイパンなので、結合部がよく見えた。アーモンドピンクの花びらを巻きこんで男根を押しこみ、めくりあげながら抜いていく。蜜が飛沫《ひまつ》となって飛び散り、真っ白い内腿《うちもも》をキラキラと光らせる。上半身に眼を移せば、豊満な乳房が上下に揺れはずみ、その先端でピンク色の乳首がいやらしいくらい尖《とが》りきっている。綺麗《きれい》だった。

これほど卑猥《ひわい》な格好をさせているのに、なぜこんなにも美しいのか……。

「もっ、もうダメッ……」

グラマーなボディを躍動させていた万輝が、切羽つまったように首を振った。

「もっ、もうイクッ……イキそうっ……」

佐竹は再び上体を被《かぶ》せ、万輝をしっかりと抱きしめた。雄々しく奮い立った気持ちのままに、渾身《こんしん》のストロークを送りこんだ。男根は鋼鉄のように硬くなり、火柱のように熱く燃えあがっていた。突くほどに、卑猥な肉ずれ音がたった。この動きは、彼女の傷をひろげているのか、それとも塞いでいるのだろうか。わからないまま、突いて突いて突きまくった。

「ああっ、イクッ……もうイクッ……あああっ……はぁああああーっ！」

ビクンッ、ビクンッ、と万輝が腰を跳ねあげた。五体の肉という肉を淫らなほどに痙攣《けいれん》させて、恍惚に昇りつめていく。

佐竹はうめきながら、しつこく腰を振りたてた。痺《しび》れるような一体感が押し寄せてきて、自分の体を制御できない。絶頂に達した蜜壺《みつつぼ》は驚くほど食い締めを増し、男の精を吸いだしにかかっている。じりじりと限界が迫ってくる。爆発の予感に息がとまり、体中が小刻みに震えはじめる。

「おおおっ……うおおおおーっ！」

雄叫《おたけ》びをあげながら、佐竹は煮えたぎる欲望を放った。男根を思いきり暴れさせて、万輝が嚙みしめている肉の悦びに、みずからの歓喜を重ねていった——。

6

朝が来た。

といっても、ラブホテルの部屋だ。窓がないから、朝陽が差しこんでくることもない。

佐竹は精も根も尽き果てて、じっとりと濡《ぬ》れたシーツの上で大の字になっていた。なかなか呼吸が整わず、顔の汗を拭《ぬぐ》うこともできない。

万輝も似たようなものだった。ひと晩中、お互いの体をむさぼりあっていた。汗まみれの裸身は重怠《おもだる》く、意識は朦朧《もうろう》として、けれども頭の一部だけが妙な具合に冴えているから、眠りにつくこともできない。

消音にしてあるスマートフォンには、大量の着信やメールが入っていそうだった。しかし、まだ見る気にはなれない。テレビをつけて、ニュースにチャンネルを合わせることもない。

久我憲司が殺された事件が、まるで別の世界で起きた出来事のように感じられた。セックスはすごいと思った。見事なまでに、現実逃避をさせてくれた。いまのいままで、万輝をオルガスムスに追いこむことに夢中だった。他のことは、なにひとつ考えられなかった。

しかし、現実はやはり現実であり、夢やまぼろしはいつか覚める。生きている以上、リアルから完璧《かんぺき》に逃げきってしまうことはできない。

枕元のデジタル時計は午前六時三十二分を表示していた。

時間はとまらず、動いている。いまはもう、週明けの月曜日。東京までクルマで三時間かかる。すでに遅刻は決定的だ。カリスマを失った六角堂学園は、一教師の遅刻など問題にならないほどの騒ぎになっているだろうか。あるいは、そんなときだからこそ遅れずに駆けつけることが求められているだろうか。

佐竹はふと思い立ち、ベッドからおりていった。一見窓がないように見えるこの部屋だが、元々はあったようだった。完全に潰《つぶ》されているわけではなく、観音開きの戸がついていた。それを開けると、ワイヤーの入った灰色のガラス越しに白く濁った光が入ってきて、男女の淫臭が充満した部屋を照らしだした。

「やめて……まぶしい……」

万輝が泣き腫《は》らした顔を両手で覆《おお》う。

佐竹もまた、まぶしさに眼を細めながら、錆《さ》びついた鍵《かぎ》を倒し、ギシギシと音をたてでガラス戸を開けていった。

その部屋は建物の五階にあり、眼下には殺伐とした町の風景がひろがっていた。乳白色に煙る空が、寒々しさに拍車をかけた。

吹きこんでくる風は埃《ほこり》っぽかったけれど、冷たくて心地よかった。裸身のまま風に吹かれていると、じわり、じわり、と現実感が戻ってきた。

六角堂学園には、保護者から問い合わせが殺到しているに違いない。登校時間になれば、マスコミが大挙して押し寄せてくる。これからが大変だった。死んでしまった憲司も気の毒だが、尻拭いをする冴子のことを考えると、眩暈《めまい》を覚えずにはいられない。

「冴子さんに……」

佐竹は風に向かって言葉を吐いた。

「冴子さんに言われたんだ。キミに会いにいくなら、夜にしなさいってね。あやまちは夜にしか起こらないから、だってさ。ハハハッ……」

乾いた笑いが、風に飛ばされる。あやまちは起こったのか、起こらなかったのか。体は重ねたものの、残念ながら万輝の心を自分に向けることはできなかった。あやまちは、起こらなかったのだ。佐竹の希望は叶《かな》えられず、これからひとりで東京への帰路に就く。

だが、それでいいような気がする。そういう万輝だから、好きになったのだと痛感した。彼女ほど孤独を恐れない人間を、佐竹は他に知らなかった。なのに、この腕の中にいるときだけは、戸惑ってしまうくらい可愛い。好きにならずにいられない、泣きっ面《つら》の天使だ。

わざわざこの町まで来てよかった。思い出は、分かちあう相手がいなくても、やはり美しい。万輝はこの胸に、抱えきれないほどの思い出を与えてくれた。最後までそうだった。

「寒い……」

両腕をさすりながら、万輝が近づいてきた。佐竹の体を風よけにするためだろう、背中の後ろに隠れた。佐竹は全裸だったが、万輝もまた、そうだった。

「朝なんか来なければいいのに……」

表情を見せないまま、万輝は言った。

「いつもは……夜なんか来なければいい、って思ってるのにね……ゆうべはずっと、反対のことを思ってた……」

佐竹は言葉を返せなかった。

万輝が身を寄せてくる。ぬくもりと重みがのしかかる。

「いまも……思ってる……」

乳白色の空から、朝陽が差しこんできた。風に孕《はら》まれた埃が、陽に照らされてキラキラと輝く。

「もう朝になっちまった」

「……そうね」

「お別れの朝だ」

「……そうね」

だが、万輝は佐竹の背中から離れようとしなかった。佐竹も動けなかった。感情の昂ぶりが逆に、体を金縛りに遭わせていた。

振り返ってキスがしたかった。精も根も尽き果てているはずなのに、もう一度、彼女とひとつになりたかった。

本書は、綜合図書刊「特選小説」に平成二十九年八月号から
同三十年三月号まで連載された文庫オリジナル作品である。

井上理津子著　さいごの色街　飛田

今なお遊郭の名残りを留める大阪・飛田。この街で生きる人々を十二年の長きに亘り取材したルポルタージュの傑作。待望の文庫化。

井上　雪　著　廓のおんな
―金沢　名妓一代記―

七歳の時、百円で身売りされた娘はやがて東の廓を代表する名妓に。花街を生きた女の真実を移りゆく世相を背景に描く、不朽の名著。

代々木忠著　つながる
―セックスが愛に変わるために―

体はつながっても、心が満たされない――。AV界の巨匠が、性愛の悩みを乗り越え〝恋愛する力〟を高める心構えを伝授する名著。

荻上チキ著　彼女たちの売春《ワリキリ》

彼女たちはなぜその稼ぎかたを選んだのか。風俗店に属さず個人で客を取る女性らを取材し見えてきた、生々しく複雑な売春のリアル。

松沢呉一著　闇の女たち
―消えゆく日本人街娼の記録―

なぜ路上に立ったのか？　長年に亘り商売を続ける街娼及び男娼から聞き取った貴重な肉声。闇の中で生きる者たちの実像を描き出す。

河合香織著　セックスボランティア

障害者にも性欲はある。介助の現場で取材を重ねる著者は、彼らの愛と性の多難な実態を目撃する。タブーに挑むルポルタージュ。

森　功著

黒い看護婦
—福岡四人組保険金連続殺人—

悪女〈ワル〉たちは、金のために身近な人々を脅し、騙し、そして殺した。何が女たちを犯罪へと駆り立てたのか。傑作ドキュメント。

押川剛著

「子供を殺してください」という親たち

妄想、妄言、暴力……息子や娘がモンスター化した事例を分析することで育児や教育、そして対策を検討する衝撃のノンフィクション。

清水潔著

殺人犯はそこにいる
—隠蔽された北関東連続幼女誘拐殺人事件—
新潮ドキュメント賞・日本推理作家協会賞受賞

5人の少女が姿を消した。冤罪「足利事件」の背後に潜む司法の闇。「調査報道のバイブル」と絶賛された事件ノンフィクション。

「新潮45」編集部編

凶悪
—ある死刑囚の告発—

警察にも気づかれず人を殺し、金に替える男がいる——。証言に信憑性はあるが、告発者も殺人者だった！　白熱のノンフィクション。

佐木隆三著

わたしが出会った殺人者たち

昭和・平成を震撼させた18人の殺人鬼たち。半世紀にわたる取材活動から、凶悪事件の真相を明かした著者の集大成的な犯罪回顧録。

高山文彦著

「少年A」14歳の肖像

一億人を震撼させた児童殺傷事件。少年Aに巣喰った酒鬼薔薇聖斗はどんな環境の為せる業か。捜査資料が浮き彫りにする家族の真実。

「週刊新潮」編集部編
黒い報告書 クライマックス
不倫、乱交、寝取られ趣味、近親相姦……愛欲の絶頂を極めた男女の、重すぎる代償とは。「週刊新潮」の人気連載アンソロジー。

「選択」編集部編
日本の聖域《サンクチュアリ》 クライシス
事実を歪曲し、権力に不都合な真実には沈黙する大メディアが報じない諸問題の実相を暴く人気シリーズ第四弾。文庫オリジナル。

大塚ひかり著
本当はエロかった昔の日本
日本は「エロ大国」だった!『源氏物語』など古典の主要テーマ「下半身」に着目し、性愛あふれる日本人の姿を明らかにする。

亀山早苗著
不倫の恋で苦しむ男たち
不倫という名の「本気の恋」。そこには愛の歓びと惑い、そして悲哀を抱えて佇む男の姿がある。彼らの心に迫ったドキュメント。

リリー・フランキー著
エ コ ラ ム
リリーさんが本気で考えた、愛、友情、エロス、人生……。イラストとともにつづられる、笑いと下ネタと切なさが詰まったコラム集。

西原理恵子著
いいとこ取り! 熟年交際のススメ
サイバラ50歳、今が一番幸せです。熟年だから籍は入れない。有限の恋だからこそ笑おう。波乱の男性遍歴が生んだパワフルな恋愛論。

花房観音著
くちびる遊び

唇から溢れる、悦びの吐息と本能の滴り。団鬼六賞作家が『舞姫』『人間椅子』など名作に感応し描く、文庫オリジナル官能短編集。

唯川　恵著
とける、とろける

彼となら、私はどんな淫らなことだってできる——果てしない欲望と快楽に堕ちていく女たちを描く、著者初めての官能恋愛小説集。

宮木あや子著
花宵道中
R-18文学賞受賞

あちきら、男に夢を見させるためだけに、生きておりんす——江戸末期の新吉原、叶わぬ恋に散る遊女たちを描いた、官能純愛絵巻。

窪　美澄著
ふがいない僕は空を見た
山本周五郎賞受賞・R-18文学賞大賞受賞

秘密のセックスに耽る主婦と高校生。暴かれた二人の関係は周囲の人々を揺さぶり——。生きることの痛みを丸ごと包み込む傑作小説。

桜木紫乃著
ラブレス
島清恋愛文学賞受賞・突然愛を伝えたくなる本大賞受賞

旅芸人、流し、仲居、クラブ歌手……歌を心の糧に波乱万丈な生涯を送った女の一代記。著者の大ブレイク作となった記念碑的な長編。

金原ひとみ著
マザーズ
ドゥマゴ文学賞受賞

同じ保育園に子どもを預ける三人の女たち。追い詰められる子育て、夫とのセックス、将来への不安……女性性の混沌に迫る話題作。

川上弘美著　なめらかで熱くて甘苦しくて

それは人生をひととき華やがせ不意に消える。わきたつ生命と戯れながら、恋をし、産み、老いていく女たちの愛すべき人生の物語。

小池真理子著　無花果の森
芸術選奨文部科学大臣賞受賞

夫の暴力から逃れ、失踪した新谷泉。追いつめられ、過去を捨て、全てを失って絶望の中に生きる男と女の、愛と再生を描く傑作長編。

桐野夏生著　ナニカアル
島清恋愛文学賞・読売文学賞受賞

「どこにも楽園なんてないんだ」。戦争が愛人との関係を歪めてゆく。林芙美子が熱帯で覗き込んだ恋の闇。桐野夏生の新たな代表作。

江國香織著　がらくた
島清恋愛文学賞受賞

海外のリゾートで出会った45歳の柊子と15歳の美しい少女・美海。再会した東京で、夫を交え複雑に絡み合う人間関係を描く恋愛小説。

角田光代著　私のなかの彼女

書くことに祖母は何を求めたんだろう。母の呪詛。恋人の抑圧。仕事の壁。全てに抗いもがきながら、自分の道を探す新しい私の物語。

篠田節子著　長女たち

恋人もキャリアも失った。母のせいで——。認知症、介護離職、孤独な世話。我慢強い長女たちの叫びが圧倒的な共感を呼んだ傑作！

石田衣良著　水を抱く

医療機器メーカーの営業マン・俊也はネットで知り合った女性・ナギに翻弄され、危険で淫らな行為に耽るが――。極上の恋愛小説！

平野啓一郎著　透明な迷宮

異国の深夜、監禁下で「愛」を強いられた男女の数奇な運命を辿る表題作を始め、孤独な現代人の悲喜劇を官能的に描く傑作短編集。

羽田圭介著　メタモルフォシス

SMクラブの女王様とのプレイが高じ、奴隷として究極の快楽を求めた男が見出したものとは――。現代のマゾヒズムを描いた衝撃作。

中村文則著　迷宮

密室状態の家で両親と兄が殺され、小学生の少女だけが生き残った。迷宮入りした事件の狂気に搦め取られる人間を描く衝撃の長編。

西村賢太著　苦役列車　芥川賞受賞

やり場ない劣等感と怒りを抱えたどん底の人生に、出口はあるか？　伝統的私小説の逆襲を遂げた芥川賞受賞作。解説・石原慎太郎

吉田修一著　愛に乱暴（上・下）

帰らぬ夫、迫る女の影、唸りを上げる×××。予測を裏切る結末に呆然、感涙。不倫騒動に巻き込まれた主婦桃子の闘争と冒険の物語。

高杉 良著
組織に埋れず
失敗ばかりのダメ社員がヒット連発の〝神様〟に！ 旅行業界を一変させた快男子の痛快な仕事人生。心が晴ればれとする経済小説。

江上 剛著
特命金融捜査官
欲望にまみれた銀行、失踪した金庫番の男、闇の暴力組織……。金融庁長官の特命を帯びた捜査官が不正を暴く！ 傑作金融エンタメ。

相場英雄著
不発弾
名門企業に巨額の粉飾決算が発覚。警視庁の小堀は事件の裏に、ある男の存在を摑む――日本を壊した〝犯人〟を追う経済サスペンス。

波多野 聖著
メガバンク絶体絶命
頭取をとろかす甘い罠。経済の巨龍・中国の影。日本最大のメガバンク、ＴＥＦＧ銀行を救うため、伝説の相場師が帰ってきた――。

垣根涼介著
迷子の王様
―君たちに明日はない５―
リストラ請負人、真介がクビに!? 様々な人生の転機に立ち会ってきた彼が見出す新たな道は――。超人気シリーズ、感動の完結編。

荻原 浩著
メリーゴーランド
再建ですか、この俺が？ あの超赤字テーマパークを、どうやって?! 平凡な地方公務員の孤軍奮闘を描く「宮仕え小説」の傑作誕生。

新潮文庫最新刊

乃南アサ著
水曜日の凱歌
芸術選奨文部科学大臣賞受賞

特殊慰安施設で通訳として働く母とともに各地を転々とする14歳の少女。誰も知らなかった戦後秘史。新たな代表作となる長編小説。

堀江敏幸著
その姿の消し方
野間文芸賞受賞

古い絵はがきの裏で波打つ美しい言葉の塊。記憶と偶然の縁が、名もなき会計検査官のなかに「詩人」の生涯を浮かび上がらせる。

青山七恵著
繭

夫に暴力を振るう舞。帰らぬ恋人を待ち続ける希子。そして希子だけが知る、舞の夫の秘密。怒濤の展開に息をのむ、歪《いびつ》な愛の物語。

須賀しのぶ著
紺碧の果てを見よ

海空のかなたで、ただ想った。大切な人を。戦争の正義を信じきれぬまま、自分らしく生きたいと願った若者たちの青春を描く傑作。

早見　俊著
情けのゆくえ
―大江戸人情見立て帖―

質屋に現れた武家奉公の女。なぜか金を受け取らず、幼子を残し姿を消した。個性豊かな三人の男が江戸を騒がす事件に挑む書下ろし。

草凪　優著
あやまちは夜にしか起こらないから

私立学園の新任教師が嵌《はま》った複数恋愛《ポリアモリー》の罠。女性教師たちと貪《むさぼ》る果てなき快楽は、やがて危険水域に達して……衝撃の官能ロマン！

あやまちは夜《よる》にしか起《お》こらないから

新潮文庫　く－37－4

平成三十年八月一日発行

著者　草《くさ》凪《なぎ》優《ゆう》

発行者　佐藤隆信

発行所　株式会社新潮社

郵便番号　一六二―八七一一
東京都新宿区矢来町七一
電話　編集部(〇三)三二六六―五四四〇
　　　読者係(〇三)三二六六―五一一一
http://www.shinchosha.co.jp

価格はカバーに表示してあります。

乱丁・落丁本は、ご面倒ですが小社読者係宛ご送付ください。送料小社負担にてお取替えいたします。

印刷・株式会社光邦　製本・憲専堂製本株式会社

ISBN978-4-10-133544-5 C0193